李宗舜散文集

十月涼風

怎麼看也不像序

看到文壇的朋友右手寫詩，左手寫散文，駕馭工夫超凡，令人景仰。一甲子過後，想想何時可以重返那些青澀年代，寫些年少情懷，不經修飾的靦腆，無所忌諱的語言，用青春的文字表達出來。

在繆斯的殿堂長跑，疲憊的時候想寫散文換種語氣，和詩不一樣的可以隨心所欲，結果給自己潑冷水，要寫好散文並非想像中那麼一回事，人生經歷，生活點滴，還是詩比較接近。

第三散文集，其實是個人的第二本散文集，如此督促自己，唯有這樣，第三本散文集的出現，才有可能，是為序。

目次

Contents

卷一

一個風雪的名字

他安詳端坐隨風而去

十月的尾聲是一場傾盆大雨，下午四點，肉骨茶香的巴生。

從上午至下午四時，為即將畢業的高三同學把脈，趕完興華中學及濱華中學兩場赴臺升學說明會，正要前往八打靈與剛結束參加教育展的十四所臺灣院校師長聚餐。

豪雨和強風，車鏡前兀自狂掃。忽然有個黑影向前撲來，砰的一聲，當回過神來時，黑影已消失在雨中。

心中忐忑，更有不祥預兆，一直到餐會地點的傍晚六點半，錦宗電話另一端語氣沉重的傳來噩耗，我馬上通知金順、方路及翎龍，第一時間在臉書貼上：

> 剛才接到錦宗兄來電，驚聞陳雪風兄上午辭世往生，是他女兒傍晚通知錦宗，宗舜涕泣哀悼。

十一月一日凌晨，又貼文轉知各地好友：

> 文壇常青樹，潮州怒漢，老兵凋零，陳雪風豎起他的文學旗幟，鮮明，執著也不肯妥協，永遠對當下的事端有話要說。

很多人不同意他的文學觀點，包括我，我喜歡和陳老抬槓，但對這位一輩子堅持理念的他心存敬仰，我喜歡他待人的真誠。

他常常抱怨，文壇虧欠了他。

而今，他卻不告而別。

昨晚我接到錦宗兄傳來噩耗的電話，在十月最後一天的雨中，在行駛往灰蒙蒙的赴約中。

十月多災多難，哭泣的十月。

這一夜，陳老的巨影在我的視線內揮之不去。

思念故人，不只是熱淚，是知音難尋，還是這股來勢洶湧的狂浪把詩人從邊緣上將他揮拳打倒。

陳老不但沒有被狂浪擊倒，反而安祥端坐，隨著窗前吹過的微風，輕聲的遠去。

沒有夙怨，文壇上和他交鋒過的朋友都到孝恩館瞻仰他，看到他的笑容。七月份在金寶拉曼大學的馬華現代詩國際研討會上，他和黃錦樹都不記前嫌，大方合照，留下生前最為人廣泛議論的話題和經典的留影。

看來我對好友出版新書的一番期許和鞭策是多餘的，我曾說過：

不甘寂寞的馬華文壇老兵陳雪風，二〇一二年的十月，為他第七本著作文學評論集《人民需要馬華文學》有所期待，也不忘提早將新書送給好友方路和我先睹為快。

昨日（九月二十七日），我們相約在八打靈用午餐，並由方路作東，品嚐順滑清香的粿條湯，簡單的為陳老的新書慶賀。

這位一輩子在文學路有怨不悔（陳老語）文學工作者，一九三六年出生麻坡，麻河流水抽刀斷水水自流，夜深人靜，可曾作出慨嘆，長江後浪推前浪，文學觀察和觀點，是否可以作出與當下現實的調整？

瞻仰陳老回家，想到近來方路、陳老常來相聚、抬槓、辯論，一個下午溜走了。

夜深人靜，岑寂的大地，潮州怒漢的身影，又躍然眼前啊！

二〇一二年十一月一日莎阿南

一個風雪的名字

寫陳雪風，這個和風雪有關的名字。

去年，我們一行五人：羅羅、方路、陳雪風、陳偉哲和我聯袂去了一趟金寶，參加拉曼大學的一項文學活動。

路上陳雪風侃侃而談他的文學抱負，看得出他那個年代的風湧雲動，他身歷其中，有不被認同的文學觀點和牢騷，但也有直扣人心的執妄，有些義正辭嚴，有些義無反顧，歷歷可見是不能屈服於當下的那股心中風雪，什麼時候爆發？只要觸動他的文學想像、文學觀點和文學現象，他的反應就泉水般自然流露出來。

我們轉進美羅收費站，來到我的中學母校中華國民型中學，說些年少讀書事跡和溫偉民老師的故事，緣洲社和天狼星詩社的發源、文學的啟蒙等。拍了合照，轉程到附近的七〇年代寫作現場「黃昏星大廈」，再次感受那些年，美羅七君子，多少風雲年華在雞仔餅品珍酒樓的天空飄過，也讓同行者感染我們那個年代的寫作詩風，奔走結社和文學姻緣。

我們也在這裡的百年老厝合影，卻真的沒料到，事隔一年，這些合照現在竟成為大顆兒懷念陳老時，留下許多依依不捨和惆悵，車上意猶未盡的話題。

我說陳雪風和風雪有關，看他那七十多歲的年紀，一生執著於自定文學價值觀，有多少文壇前輩，到了這把年紀，還能像他對文學如此的熱衷，又充滿了文學細胞的生命力，出席文學研討會總有他的想法和意見，常和不同見解及陣營的寫作人打筆戰，尤其已經定型了的文學觀點，他總有自己一套看法，說詞和批評，但私底下為人熱情，待人以誠，沒有心機；年少如風雪，中年如風雪，老來一樣風雪如常。

他對文壇現在的種種現象，總是有他看不慣的地方，無法認同的意見，心裡曾經有過許多輝煌和悲傷、無奈，但擇善固執，好像馬華文壇虧欠他。

他在家鄉麻河的堤岸，看著波濤洶湧，心中憤慨，詩人的娑婆世界充滿挑戰，有訴說不完的故事，回首，也看到他的落日。一個帶著風浪和雪球的漢子，啊，那個不老的潮州怒漢，那個想著文章千古事的長者。

他疾言厲色，稿紙上狂草
我的寂寞是麻坡千年流動的河

奈不住寂寞時，他常常來八打靈找我和方路，在嘛嘛檔的拉茶影像中談個不休，一個下午的話題竟可以無所不談，有時是言不及義。他來如風，回去抱著經我不苟同說詞潑灑過去的冷水，結成冰雪，雪球一樣在那個寂寞的斗室慢慢解凍。

他抱怨政局、文壇異端，批評當下，不平的語句隨處可尋，主觀判定卻思維敏銳，他給人感覺是不合時宜，一個被邊緣化，好打不平的潮州老漢。

其實和陳雪風交往，他也不感寂寞啊！有一個常常和他唱反調的朋友，什麼事情都喜歡和他抬槓，去年十二月他的安詳離去，反過來寂寞是我了，我們中止許多還可繼續討論的爭議，少掉許多發表影響對方的話題。

我們還有許多談不完的趣事，爭論不休的議題，但此刻，看著影中人的陳雪風不曾有過的平靜仙去，帶著微笑揚長而去，啊那風雪的漢子似滿懷惆悵招手，遠遠的凝望著我。

沒有預約的風雪
我的眼睛不只掉淚
內心還兀自淌血

二〇一三年十月二十日莎阿南

厭倦的棲所

正日初十（二月九日）羅患肝癌的余雲天帶著他一甲子的飄泊、無奈和厭倦與世長辭。

飄泊的日子，從美羅開始，遠到吉隆坡鬧市繁華的暗角，輾轉飛逝，最後又回到厭倦於棲所的美羅。

長眠於斯，美羅七君子之一的余雲天，他和他的家園告別，永遠的星期天。

我和吳超然在年初二到他美羅老家探望他，看他瘦弱只剩一排骨骼，心中悵然，對一星後傳來的噩耗，除感痛失好友，亦覺得歲月無情。

美羅七君子，余雲天沈默寡言，他在我心中留下最美好的記憶，是我們年少對文學無怨無悔的青春歲月，促膝夜談，在黃昏星大廈，在溫家的聽雨樓和振眉閣引吭高歌，朗誦我們心愛作家的詩，年少不屈服於現實，常吟唱「只有我和我的心知道」，這首以泰戈爾的詩譜成的歌，由當時遠從北馬的徐若洋帶到美羅，悠揚而傷感，七〇年代又從美羅帶到臺北，最後孤單的在美羅飄揚。這首歌就無時無刻永遠在這片土地傳播、生根、不再動搖：

我的生活裡充滿了什麼曲調？
只有我和我的心知道

我為什麼守候？我向誰求什麼？
只有我和我的心知道

清晨像一位朋友在我門前微笑
夜晚像一朵花在林子裡降落

琵琶的樂音早晚在空中浮動
它把我的心思從工作上引走

這是什麼調？究竟誰在彈？
只有我和我的心知道

美羅七君子彈過的曲調，而今剩下五個人在心中彈唱，在天涯海角，在流落，在四方。

想念余雲天，他年少孤獨的青天白雲，他不得志的單身孤影，他沒有抱怨的走開，大年初二見最後一面，他稍稍在耳邊說「不想活了。」

二〇一四年二月十一日莎阿南

被遺忘的詩人

近日和年輕友人談詩創作，談到詩壇長青樹，他感慨地說：「馬來西亞的詩壇就有點悲哀，寫得好，有時也沒人討論，像葉明先生。討論詩的人太少了。」他更感嘆的說：「今天重看了一些葉明的詩，真不錯。遺憾的是，他死得早，沒能寫出更多好詩來。薄薄一本，半冊詩集，就是一生了。」他的所謂半冊詩集，就是在一九九五年和我合集出版的《風的顏色》。

在臨別的當兒
風告訴我它的一生
也曾經沾染過其他的顏色
青過，黃過，藍過，也紅過
但最後什麼也沒留下
只讓周遭感覺到它曾經來過，去過
我相信它的話因為我望向自己的一生
什麼也沒看到
是風陪我走過這一段旅程
左手早晨
右手黃昏

——節錄葉明《風的顏色》

年輕的葉明在一九九五年罹患胃癌英年早逝，留下半冊詩集、手稿和書法墨跡。今年三月我在臺灣出版詩選第一冊的後記曾提到和葉明初識情景，地點就在工作了二十年的留臺聯總會所：「一九九四年九月，踏入留臺聯總位於八打靈的會所，四層樓的高度，常常是我仰望的燈火。在上班的日子穿梭，銜接那斷了線和臺灣昔日好友的接駁。結識詩人葉明，也是烈陽下的八打靈。一九九五年，醫生診斷葉明患癌末期餘命三個月，倉促出版詩合集《風的顏色》，在留臺聯總舉行推介禮。葉明的缺席是所有朋友們的祈福，用他的詩作鏗鏘朗誦，希望他能聽見。這一年葉明帶著詩集藍色的封面，和藍色的天，走了。地上留下幾滴血跡，像他寫過的潑墨。」

他在〈學畫記〉早已顯露出對命運的無常和無奈：

一張萱紙在我眼前躊躇起來
如此蒼白的一段日子
第一筆要為它上的是什麼顏色
三十多年的歲月
就握在我手中
沈甸甸的心情

是一支瘦瘦的筆
茫然予一個作畫的題目

被世人遺忘的詩人葉明，在風中向我頻頻控訴他的一生，以及塗抹未完整的生命色彩。

二〇一四年三月二日莎阿南

遺忘的書寫

詩人英年早逝，錯過了許多青春歲月，錯過他一生為詩可以期許的豪情，錯過了唯一的那次在臉書（面子書）的露面，寫下有生之年的憾言。

就像他寫過的詩〈錯過〉：

我發現對我寫過的詩
差不多都是植入晶片時的疼痛
不安因為我沒能把它們
寫成另一種
你早該遺忘的樣子
連縫合的疤痕也隱沒
不慎透露的心事
血液與記憶交雜
皮下組織裡脂肪淹沒了
周而復始的隱痛

他錯過的東西變成了周而復始的隱痛，而且帶著此生最大的不平和遺憾，悄悄地走了。離開的時候是陌生的人群超級市場，昏倒那一刻，天地一片烏黑，這個世界是烏黑的。

他的最後一本詩集出版了，卻無法面世上架，他的尊嚴被一列無情的火車輾過，帶血的隱痛，時光的短促無法醫治久病的療程。

去年七月下旬出差忙完公務，回來後在臉書上赫然發現了沸沸揚揚的陳強華「濫泥抄襲」事件，和他通了手機，話筒另一端聽到的是無助、無奈和自責。七月三十日我寫了〈感嘆無奈〉在臉書貼上：

——遙寄陳強華

這是一個悲哀和無奈的事件，在相對於海峽兩岸欠缺資糧的馬華文壇，我們的詩人要自我警惕。

風格的誕生非一朝一夕。

對一個發生在身體健康欠佳的詩人身上的重大事件，我有哽咽的悲哀和無奈。

只能在今晨貼上〈守護〉一詩，遙相共勉：

我在忙碌的節拍裡
享受城邑的行雲流水

跟隨每個匆促腳步
用肺活量提醒體力
散發著洋溢的詩意
每夜都在觀測天象
哪個星座明亮地守護著
風雲中的自己

事件發生前許多時日，我常在臉書和他寫的短詩作出回應和勉勵，深感歲月催人老，也要在有生之年患難共勉。二〇一二年十月寫了這一則〈書寫記憶〉致意：

——回應陳強華：所有遺忘的書寫，構成一個人無法遺忘的記憶：

書寫記憶有模糊地帶
有如撕碎自己的肉體
一張一合的攤開血脈

作為天狼星詩社的一員，年少的陳強華和楊劍寒（黃英俊）僅以十九歲之齡雙雙出現在一九七九年出版的《天狼星詩選》當中，交出亮眼的成績。一九八五年陳強華創辦激蕩創作歌曲工作坊、魔鬼俱樂部及詩雜誌（九十四年）和向日葵人文雜誌（九十七年）。在大山腳和喜愛文學的青年在上個世紀風華正茂，撐起半邊天，受益的學生，以及培育了往後在馬華詩壇上許多優秀詩人。

他是魔鬼詩人。

而如今，不管在大山腳、亞羅星還是吉隆坡，當別人還在耿耿於懷那過往的歷史事件把你忘記，深夜時，我們卻永遠懷念你。

二〇一四年三日五日莎阿南

內省啟發

——遙寄北方詩人

昨夜和方路小聚，寫作路上，想起稻穗詩人何乃健，退休後仍然孜孜不倦於筆耕，文學及稻米在中年之後的血液中更濃密，一直不停流淌。

他還常出現在北馬及吉隆坡兩地的文學活動及稻米國際學術研究會。前陣子切除腫瘤，心靈深受疾病困擾，短時間內身心建設作出調整，更積極創作讀書。在亞羅士打住家休養，向徐緩吹過的稻風和彎身的稻穗呼喚，此生無憾。

我敬重的馬華前輩作家之一，一路走來，文章和人品一樣的真誠持久，寫生活小點滴，一樣誠摯，清涼明快。

與病魔抗衡，詩人體悟特別多，病中短詩寄情，寄給我先睹為快，讀來令人長嘆。

今早和乃健兄通電話，聲音依然洪亮，如故健談，他告之現在積極看待人生，活在當下，把每天當作人生最後一天，第二天醒來看到日出就非常感恩。雖有病痛，但二〇一三年是他的豐收年。

出版新詩集，明年三月舉辦新書發表會，贈我小詩，並在電話另一端大聲朗讀：

天邊的黃昏星啊

是璀璨的紅霞
以生命的遺焰迸發
抗拒晚風吹熄
抵御暮靄淋滅
永不瞑目的火花

今日閱讀他在南洋商報商餘版〈菩提本無樹〉一文，看到他自二〇一二年直腸出現問題後如何釋放負面情緒，內省後得到許多的啟發，不但沒有退縮，依然故我，一路風雨無阻向前。這是抗癌的典範，也是面臨病患者無所適從坦然面對以資借鑑的明鏡。

詩人也不忘對關懷的朋友獻上由衷的祝福：

當死亡將我心中的殘陽吹熄
我會將晚霞的餘焰，悄悄地
藏入不知名的種子裡
多年後，當你緩步穿越墓園
朋友，那沿著枝條滑落肩膀的春意

就是我以綠葉素冷凍的微笑
前來祝福你！

好一個以綠葉素冷凍的微笑前來祝福，我則以一句不滅的暮靄深深祈福，乃健兄，我以你為榮。

二〇一三年十二月三十日莎阿南

面向自己

文友患病，與病魔抗戰，精神肉體傷痛，非一般人所能理解，也非局外人可以想像。

唯我們能做的，繼續給朋友打氣、鼓勵。

臺灣陳正毅夫婦罹患癌症多時，夫人先行折翼，雙重打擊，留下終日抗癌的自己，度日如年，幸好有女兒悉心陪伴。他沒有氣餒，療程雖複雜，常出席友輩聚餐活動，每日公園步行，偶爾登山望海。我每到臺灣，他必與我相聚，敘述三十多年的從前。還出版令人長嘆的《用生命書寫》回憶文章，尤其寫亡妻那一段：

遺憾的是這幾年，咱倆人都著癌，雖然互相扶持，勇敢治療，接受一擺過一擺開刀，化療，妳卻先走一步，讓我想替你受罪的祈禱落空。

讀來令人神傷，無限唏噓。現在還保持創作，每日一則臉書訊息，文字鏗鏘有力，讓世界各個角落的朋友知道，他還活著。

久居北馬水稻故鄉何乃健，自從發現直腸癌以來，常往返魚米之鄉的亞羅士打和檳城作不同階段的療程。他積極看待人生，寫短詩寄語蒼天，活在當下，恬淡處之。把每天當作人生最後一天，第二天醒來看到日出就非常感恩。

雖有病痛，他說二〇一三年是他的豐收年，二〇一四詩集年初新書發表會，文友共襄盛舉。

吉隆坡的薛玉梅，喜歡詩畫，終日與病魔交戰，走出陰霾。步入另一層次的藝文空間，書籍潤澤波濤的心靈，畫筆下捕捉的，充實了自身內涵。在臉書貼文，尋覓和網羅世界精緻藝術品，圖文並茂，看了養顏，才藝併發生命的無限可能，她看到的是人生的自然美，創造藝術無限的美。

天狼星詩社前社長溫任平，一生孜孜不倦文學理論與創作，六十年代寫詩就孤傲如一把無弦琴，寫到後來變成流放是一種傷：

我喑啞的聲音裡，我周圍鬨笑的人群裡
然而我還得走我的路，還在唱我底歌
歌著，流放著，哀老著……
……疲倦著，而且受傷著

這首〈流放是一種傷〉被已故作曲家陳徽崇編曲傳唱，散步於天籟驚喜的星光，隱喻自身為黃皮膚的月亮？他終日與生長在五臟內的結石糾纏，也從未放棄心中志業，面對災難，永往直前。在手機小屏幕寫長文，臉書常感嘆，奇文說精彩。

他們都在面對著人生中最艱難的考驗，他們心中有雨，偶爾會下，很多時候，因為文學，勇敢面向自己。

註：文中提到的一些關於溫任平的文字，如《無弦琴》是他六〇年代出版的第一本詩集，《流放是一種傷》是一九七八年在臺灣出版的詩集。〈驚喜的星光〉是已故作曲家陳徽崇編寫現代詩和曲的結合傳唱。

二〇一四年一月一日莎阿南

探訪

此行到臺北公務，抽空最想一見的朋友，就是住院的陳正毅，另一位是詩人周夢蝶。

四月十二日中午由詩人渡也作東，和他全家及師長在醉紅小斟餐敘，也贈書給寫序人。餐後和渡也聯袂到永和雙和醫院的緩和病房探望陳正毅，進到病房，看他體弱的樣子，講話卻還中氣十足，見到我們探訪，他甚為高興，說了近況，聊些病情，他說：「宗舜這回來看我，無憾了。」

看到他長久與病痛糾葛，心裡難過，見面時，從嘴角溜出來想講的許多話都吞嚥下去了，只說些問候語，實則也很為他的病症惡化擔心。

一扇窗開著心弦等候
萬里北行攜帶細雨
落在醫院白色窗簾
落在走進來的步履
落在即將離去那件外套和風衣

此行匆忙，無法抽空探望住院的周夢蝶，得知九十四歲高齡的周公前些時日在醫院作內視鏡取石手術失敗後，還需住院休息及觀察，就不敢冒然前往醫院探訪了。友人說是否要開刀取結石，目前尚由院方及醫師評估中。

昨日看到詩人方明在臉書貼文說：周公摘除膽管結石成功，且言周公老年一直為體內結石所苦，如不取出，周公必無日不身處痛苦中。此次歷兩小時手術，成功取出米粒大小結石近十粒，手術後周公恢復狀況良好，已能進食。

看到訊息十分欣慰，乃留言：「此行無法見周公，憾也。」

十粒米狀結石盤旋周公夢寐
這回遠離太虛
遠離到最後
的解體

二〇一四年四月十六日莎阿南

今晚有個聚會

那個四面八方的相約，凝結一條向著同一地方的路線，大會堂側邊的餐廳，名叫紫騰茶原。

以茶代酒，敬愛的舊友相見：溫任平、李宗舜、廖雁平、許友彬、張樹林、謝川成及陳鐘銘，在燈下，已過黃昏。

吉隆坡斜陽西下，輕快鐵載著超重的歸心，向城外的四面八方呼嘯而去，那探視車窗外的雙眼迷惘，當列車駛向月臺，這一天的歸程牽動著腳步，有些沉重，有些像脫線的風箏，掙扎著。

掙扎地想脫身，為一個不明的黑夜點起一盞微亮的燈火。

今晚有個聚會，四十年的光景，眾人都在溫馨燈下廂房裡集焦從前走過的據點。談論幾許陳年往事，像風吹拂向晚的餘暉，揮霍不知多少青春歲月，更似經歷了許多人事滄桑，不想再提起，卻又在無意間被落下來一片樹葉所觸動，提早再去追問往昔曾經有過的一場豪雨，臨別依偎在飲泣的肩膀，那個起首帶唱優雅的美聲歌者今夕何在？為何今夜獨有七人燈下聚餐，尋找昔日還是黑白照片的蹤影！

天狼星詩社第一代、第二代和不同世代的舊友相聚，在這燈影晃動的鬧市一隅，離散又回到細說四十年前的當初，離散像雨露在葉子蒸發，看到一處被筆心觸發寫下的傷痕，隱藏在歲暮中。

而今是漫漫長夜
慢慢用回憶紙筆紀錄
緩緩寫下的從前，遠處輕風吹過
我們以快步聚首的從前

七雙筷子，七個茶杯，七人

二〇一四年二月二十六日莎阿南

細語當年

（一）黑白舊照

昔日七〇年代天狼星詩社的風雲，綠洲分社美羅七君子，年少勇闖文學武林，結義為盟：溫瑞安、黃昏星、周清嘯、廖雁平、葉扁舟、吳超然以及余雲天，漫步走入一張歷史黑白的沙龍照，一廂情願以為文章天下事，捨生取義，一條美羅河彎彎曲曲的長度，足夠書寫年少情懷的深度。

年少帶劍江湖，山城吞雲吐霧，年少不知愁滋味，為賦新詩強說愁。瀟灑走過美羅大街，文學的天地在山城開了天窗，有聽雨樓的落葉，振眉閣的新詩朗讀聲，中秋節的夜光會，牽動著年少為理想點燃薪火，閃爍的燭光中做夢。

多年以後，黑白照裡的周清嘯，二〇〇五年唱著一曲「榕樹下」到了詩的天國，獨唱他那首永遠沒有結束的詩賦，懷念他竟是這樣難捨的告別儀式。

他從黑白照片走了出來，又在我們的記憶裡漫步走了回去。

二〇一四年二月甲午年初十，罹患肝癌的余雲天掙扎向著東升的太陽感歎無奈，留下我們在美羅年少的結義情懷，離開人間不想帶走太多牽掛，要我們記住他在人世時的萬里長空，義薄雲天。

他的心中常常下雨，愛神的眷顧如過眼雲煙。

現在大家陸續各奔前程，為詩國再度揮毫粉墨登場，像當年的舊照，像潑墨。

像美羅七君子瀟灑當年，不想被塗改過的黑白照片。

不想空留感嘆，只想一往情深。

（二）我的母校

回到美羅，相約唯一留守山城的美羅七君子吳超然，在品珍酒樓用餐敘舊，到母校中華國民型中學走一趟，留下兩個不屈的長影。

不屈的身影來自於對繆斯的長期眷顧與堅持。

那些曾經在班上喧嘩的聲浪，覆蓋了讀書聲，而今流落天涯海角，能記起文章舊事者，但看天邊雲層風貌，美羅河畔獨照彩霞，一聲長嘆：逝者如橋頭細水，長流斯文。

（三）地摩老店

沿著北上的小鎮州際公路，穿越典型的市容，依舊是兩排店屋迎接川行的車輛和人潮，從美羅街上竭腳，到品珍酒樓品嚐鴨腿麵，是時光竊取秘方，讓招牌的麵食變了味道。

會老友，母校拍照，續程北上。過打巴，三叉路口右轉金馬崙高原，天狼星詩社聚會的許多重要地點，那些留下足跡的從前，回憶青澀年華。

但此行是直達金寶作短暫停歇，先抵地摩，兩排近百年老店，有的已經棄置多時，屋頂長出綠樹，日夜聽著轟隆轟隆的車聲，留下斑駁，也留下我想逗留片刻，再看幾眼的小鎮，四十年前初訪，而今紅漆脫落，屋板腐朽，一臉飄零。

（四）金寶古廟

昔日先輩南來，水陸兩棲，靠岸者仰望一座小山，看到了可以預期的未來，那將是可以出人頭地的風景，就此安定住了下來。

渡船停泊，上岸登陸茅草芭地，初民開始墾荒，一鋤一鋤的犁田、勞作，慢慢帶來了興盛的泉源。

落戶之後，心有所託，有點錢的頭家逐出資號召客工興建廟宇，祈福民眾平安，落葉歸根，子孫滿堂。

來到了喧嘩的市場，跨過兩條橫向街道，金寶百年古廟就建在對著那當初前來河口尋覓的方向，也是南來初民發掘可以久居的住所。

百年古廟屹立在斜坡的小山，遂香火旺盛，百業欣欣向榮，其中尤以錫礦開採帶頭，在上個世紀五〇年代至六〇年代，造就許多華裔礦家發跡，牽動繁華市景。

串連著錫礦業，從美羅開始延伸至怡保一大片方圓土地，到處開採錫苗的馬達聲日以繼夜的運轉了霹靂州主要的經濟命脈。

而今好景不在，廢棄礦湖成了山明水秀的人工湖泊，當車子沿途幾十年不變的市鎮小路經過，放眼四處，這湖光山色，竟成了過客眼前的良辰，啟動下一個景點的驚艷。

（五）錫日輝煌

高速公路從遠遠的大山繞過，來到了許多高山前面廢置的礦湖，環繞在這座名叫金寶的小鎮周圍，湖光旖旎，山色清幽。

這裡早市的米製粿粉，配以香噴噴的清湯，入口順滑。四十年前在街角吃過的魚丸湯粉，而今還是喜歡獨自品嚐，沒有失去味道的當年。

時光的巨輪向前翻轉，採錫礦業如日中天，造就了霹靂州富有的上個世紀黃金時代。而今景觀物資遷移和流失，錫礦工業沒落，昔日輝煌成了「錫日輝煌」。

這一趟是帶著遠方朋友，聚集在金寶參觀近打錫礦工業（水泵）博物館，那些吵雜的馬達聲、礦坑的照射燈、砂石自隔板小溝從上而下的流水聲，日夜運轉了五十年前風光事蹟，而今這些昔日聲影，卻在博物館成了廢置的機器，發黃的照片，無言的雨聲。

卷二

十月涼風

張愛玲

閱讀淳子寫《她的城，張愛玲地圖》，最大的震撼是文字背後的情感如蛇影一直在伸展，張愛玲使人懷念因為文字魅力，從張家老宅、聖約翰大學、常德公寓、長江公寓、溫州賣婦橋、香港淺水灣等……。這本書在封底的粗黑字體寫著她的身世：

從這裡到那裡，她總是在飄泊，
但靈魂卻禁錮著，
禁錮在她為自己織的繭裡，
用她的文字，控訴命運，
字字悲涼，聲聲悽愴，
為的是想告訴人們，
她，一直在這裡……

她禁錮的才情足夠擁有一座偌大的城池，而且漫無邊界的一直在擴大。十七歲的張愛玲就開始留下悲涼的文字和延續悲劇的身世。她是天才，天才把一個人漸漸推向絕崖。

書中如此簡介：「這份地圖，標記了張愛玲一生的感情座標。」

封面是張愛玲的經典照片特寫，右下角寫道：

總還有些什麼留下的／她的城／她的房子／她的文字／她的悲涼

二〇一二年四月二十日赴臺，這本由林怡君老師相贈的書，帶著沉重的心情是灰色的封面，氣象也是灰色的，回馬後陸續讀完那一座巍峨的城堡。

「二〇一二年五月一日閱畢，悲慟憐憫中過日」，這是讀後感，悲慟是因為看到結局，憐憫一代才女因封閉自己的下場，如此令人神傷。因而聯想到馬華文壇，一些寫作人追隨張愛玲隱居於鬧市的現象，可預期的結局總是令人心酸，那感嘆來自盲目的模仿。

命途多舛的遭遇和亂世使天才的晚年自我封鎖，現在還有許多人想繼續學張愛玲，與世隔絕，比張愛玲更加張愛玲，無止境繼續尋找夢幻的桃花源。

二〇一四年二月一日莎阿南

出發

住處的三樓前方一盞灰色路燈，日夜與我對視無語，白天吸吮陽光，晚上釋放燈亮。

每天清晨，共處教堂禱告，齊感昨夜風雨，深宵雨打屋簷，靜謐清晰得更為響徹。

二十年，二十五年，就這樣晃蕩而過。

似水流年的是燈下一樹白花，飄散著清香，這些年來陪伴風，伴隨雨，一路花開花落，滿地枯萎，輕聲感歎著時斷時續的根部呼吸，有種撕裂的聲音，要它從根拔起，在這座公寓的人來人往中。

好像是從新出發的感覺，這樹白花有著年華的代謝，綠樹成蔭，長不高卻四周擴散，枝葉支撐了這片泥地，圓嘟嘟的在其他高樹下自我流放，詩意形成。

一樹白花凌晨飄揚
白色在我年華細嘆
鳥語飛翔到了樹枝
轉發另一道純淨的清香

到了晚上回家，燈火微暗，花香飄到窗前，突然強風襲來，凜冽寒意。日子從年少步入中年的胡姬花城，看不見花蹤，卻看到孩子也和樹影一起飄搖，逐年長高。

昨夜風高
沿途枯萎的樹枝腐朽在雲端
草葬在日落的半島
最終必失眠於寒冰
還未蒸散的夢鄉
當午夜的幽靈上岸，隔空
曾經枯竭過的黃葉
遺留海灘

又或有感於生離死別的徘徊，遙相呼應，從當年荒蕪人煙的城池，到一片燈海輝煌的鬧區。

老樹等待生滅輪迴
增減垢淨走向背影

和燈樹對望，由衷的作出承諾，伺機共同從新出發，這一樹雪花般的天地，這一柱散發光源的路燈，在我亡故後，請作見證，葬我以白花，永遠留下清純善美，燈滅燈亮，迎接風雨陽光的每一刻，我臨別那一天。

二〇一四年一月九日莎阿南

貓樓

五層樓公寓從底層繞過樓梯上去，每層樓有四戶人家，這樓層共二十家住戶。

上了樓，最常見是貓咪，在轉角處，在門前，或在鞋箱上。

貓兒有時慵懶的躺臥在地上，悠閒看著地板，有時繞過來在腳板前趨近，像親人。有時遠遠拋來哀鳴的眼神，飢渴想乞求魚骨頭。

貓咪不像狗，狗忠於主人，牠們字典裡從來沒有「忠」的字眼。然而貓咪溫馴，有時令人疼惜，有時幽深，好像前世鄰居，再結前緣。有時也令人煩躁，尤其一隻深灰色賴皮貓，私闖進屋，當是自己家，趕也趕不走。

流浪的貓想家，依附在喜歡寵物的主人家。繁殖很快，最後又被人遺棄。

我們這個樓層，漸漸成了貓樓。

三更半夜，淒涼的叫春聲更是一聲大過一聲，一波又一波。有時被一股刺耳、哀怨、纏綿的聲浪吵醒。時而尖叫連續，時而對談情語，時而哀求不果無奈的哭鬧，嗓門越拉越高，在冷風中消失陣陣高拔的音調，迴盪深遠。

睡夢中，又被一陣陣陰風中，對面樓層從遠至近，不斷哀號的叫春聲吵醒。

貓的心靈世界渺小，要求溺愛，無法容忍眼中一粒沙。

二〇一四年二月五日莎阿南

中年狂想曲

看外在，令人迷茫。人會因時因地彎腰，有時也會為五斗米折腰。

人們比成就，我看過程，成果是一剎那的輝煌，善美是永恆的碩果。過程中的酸甜苦辣才是真味，人生如此，生命歷練本該如此。

心情好的時候看到的，都是風光旖旎，一路唱著童年歌謠，高興時，一切美好。

年少揮霍青春，有錢之後想去旅遊，但找不到時日清幽。天天寫詩過後怕思潮會斷電，日子是地球的圓鼓鼓三百六十五天，多出來的那天，停在二月二十九日。時常都感到時間不夠用，物價高漲，錢，當然更加不夠用。

荒謬的悲觀主義，荒謬在中年剛剛才開始。能活得自在，過了一甲子想長壽一點，壽比南山，喜歡仰望窗前那座矮山，捨近求遠的事我一概不做。

理想主義在心中止痛，浪漫主義從血液中出走。衝破雲霄，有什麼比虛無飄渺這件事更波濤洶湧。

再想想，人一生下來就呱呱墜地赤裸裸，走時也空無一物，剩下頭顱和排骨。等風化，火葬成灰，土葬屍骨冰寒，靈魂遊走上到天堂。

走到這地步，看到未經污染的樹蔭，往前走入那座小山，建一座涼亭，留連於雲霧，與寂寞的風長嘯，共乘天梯獨攬勝景，留下片刻逍遙。

寫不完的故事鐘聲漫漫
再造的雲雨瀟灑來訪
炎熱的都會地下道缺水
千萬雙貪婪的眼睛
像機關槍掃瞄
栽種的幼苗穿牆
導航另外一處感性地標

二〇一四年二月二十三日莎阿南

遠離霾害

到東海岸三州，高地一片蔥翠綠林和海景盡收眼底。彭亨州的山脈相連著綠地，靠岸的深水碼頭關丹，海灘的碧藍在過客的胸懷中，總留下要遠航的風帆。這夜色擁抱了主幹山脈，從平原向高地蔓延著綠肺，車子搖搖晃晃在綠野間，終在山水的城市短暫逗留，寫下另一站還要遠征的路途。

登嘉樓漫長的夜景和風浪，一齊敲打那無聲沿岸的曲長海岸線，訴說鄉愿，也訴說了被遺忘的故事，在遊客閃耀的眼前重新開始一段旅程。一九四〇年經營至今「海濱茶店」，道地的咖啡香從遊覽車開始轉彎欲停下就遠遠聞到，甘馬挽綠水藍天漂流了一股香氣，向著波濤的雲海。

吉蘭丹各族和諧，共處在東北角和泰國接壤的邊緣，一條歌樂河五分鐘就可兩地通航。中國風回教堂在這裡屹立，水晶宮回教堂遙對長橋，在夕陽下另呈海濱風貌。州政府撥給吉蘭丹中華獨立中學一千英畝校地，獨中得以從校地租賃，獲取租金籌措資本以地養校，雖數十年風雨飄搖，五次不同因素學校被迫停課，但這間近百年的獨中仍風雨不改維繫華教，儼然東海岸華教重鎮，凜然而立。

這裡碧海晴天，和半島的另一端零星林火，霧霾擋路，空氣污染指數接近三百迷濛景象，有著天淵之別，簡直是世外桃園。一個星期呼吸新鮮空氣，南中國海岸遨遊，夢幻的奇遇，雖路途顛沛，卻也是一番勝景，另一個文化和生態之旅。

沿岸清晨的海風
是魚網緩緩張開
送走了疲憊落日
鋪設那一段，長長的
返回路程躊躇的原鄉

二〇一四年三月十四日莎阿南

十月涼風

（一）啟程赴約

十月涼風，帶著旅者走進陌生的城市，熟悉的是在地圖上街名道路：館前路、南京東路、羅斯福路、中華路、徐州街、武昌街、廈門街、迪化街……文學的天空從夢中升高到現實，真實裡依稀看到的夢境。

細雨綿綿，單薄的外套，好像無從躲避十月的寒意，尤其是從熱帶雨林，轉身到了高樓擎天的臺北。

一九七四年秋天，得知臺灣各大學入學分發榜單後，帶著落榜的心情，輾轉從家鄉美羅，揮別親人，乘坐夜班火車，長途星夜趕到新加坡，隔天乘搭國泰航班，無非是想來到了夢寐想望，也是沉澱心中已久的文學都會，萬家燈火的臺北。

到了臺北火車站前，走向建國補習班的高樓間，一座久久在望，矗立在館前路，我最早踏足棲身和就讀大學補習班門檻。

離家的鄉愁甚濃，在異地伸展，遠離詩社兄弟們的眷念，變成了暫時的相忘。夜深人靜，輾轉失眠，長夜憑欄，寫下了這樣的詩句：

編織一雙草鞋來趕路，這人生
要我在西風中窺視你寒霜底臉
不要別離，一別不敢再見你

翌年參加聯考，一紙分發書把我從館前路帶到一片汪洋的木柵，政大中文系，來到大門入口處，第一眼就看到久違的四維堂。

同樣是十月，但這一年的十月，是一場水災。十月十五日，一場豪雨把政大低窪地帶包括文、法及商學院底層全部淹沒，學校停課。

十月的腳步聲沒有休止
它輕聲走過
請隨身攜帶雨衣，走出門外
我看到有人憂傷，有人
低吟。我看到自己
走過寂靜校園
腳印是回家的心情

（二）在政大

從新生報到註冊之後，這片汪洋久留不去，雖然雨量使得腳步沉重，這樣的災區殘局卻也陪我渡過了畢生難忘，一個豐盛的秋冬之季，新的環境，新的人和事。新鮮人上課的鐘聲伴隨下課的腳步聲一天一天過去，卻很詩意讓我留下許多回憶，渡過一段不長的大學生活。

那時開始接觸到政大長廊詩社，結識當時的西語系社長陳家帶。也和中文系高我一班大二的詩人學長游喚初遇，高談濶論詩的發展和走向，意猶未盡時，奈何上課鐘聲已經響起。

和文學及文友結緣，漫漫長夜感覺特別舒暢寫意，校園的涼風吹過，隔著教學大樓中間綠林大道，學子的身影穿梭，有些悠閒，有些急促。水災過後沉澱的醉夢溪畔，更顯風貌，曾有過我歡呼和飛揚的詩句，風中的倒影。

期間投稿政大文藝刊物《大學文藝》，參加《大學文藝》的詩歌、散文比賽，也參加校內詩歌徵文，那年前後得了幾個小獎。文學帶給我一路走來的憂歡，在作品中逐步萌發，在山林下的草地開始滋長。

上課鐘聲橫跨

兩個世紀煙窗
一燈濛濛隱喻著私語
晴天水影漫不經心
走過拱橋就把
天色漸漸淡忘

（三）仰慕高山

另一邊也如火如荼的忙著神州詩社的會務，彼時詩社是高峰期，新的社員加入，新血的培訓和鼓勵新秀創作，出版詩刊、叢書，接洽出版社。拜訪在馬來西亞文學啟蒙時就仰慕已久的作家。聯袂夜訪詩人余光中廈門街的余府，師母范我存一碟又一碟的端上飄香的菜餚，寬廣的民宅是一片詩國的草地。張曉風、亮軒家中作客，他們親自烹調的魚肉和家鄉小食，早已觸動腸胃和飢渴。在高信疆家傾聽騷人侃侃而談，此生的文化抱負是一條不歸路，夜歸雞啼。和以朱西寧為首的三三文社結緣，師母劉慕沙的拿手料理，胃口大開。朱家三姊妹天文、天心和天衣依偎在父輩身旁，和我們神州年少平輩相視而笑，辛亥路留下長長的風景，看到現在，未來相對遙遠。寄售詩刊叢書在武昌街明星咖啡屋騎樓下，第一次見到鬻書自活的詩人周夢蝶，著實站立不安，言談吞吞吐吐，離開時回首，那瘦長的背影，風中倍感孤寂，也看到生活的無奈和堅持。

這段時日，每天往返木柵國立政治大學和神州詩社駐紮的羅斯福路五段九十七巷九之三號四樓試劍山莊和七重天習武場之間，文學活動頻繁牽扯上大學生活，生活忙碌，忙碌而充實。

夜雨聽風遙遠
山外樹影洶湧
一行詩句疊合暮色
在眾人朗讀聲中
摘下萬人挑起的燈火

（四）中文系小插曲

我們中文系甲班兩位僑生，李華強帶著濃厚的鄉音，聽起像廣東話的香港華語，我則帶著美羅雞仔餅的鄉情，「辣死你媽」的言不及義，給班上本地生，尤其是女生，另外兩個地域新鮮的話題。（後來才發現，班上男生人數一個手掌五個手指算不完，唸中文系的男生是異類，我和李華強在班上加插廣東話，言談另類，不修編幅，穿藍色Texwood喇叭牛仔褲，大搖大擺穿梭課堂班級間，不是異類才怪呢！）

另一班同屆中文系乙班也來個香港僑生馮藝超，看看他的名字，再聽到他說的廣東華語，已經是語不驚人死不休了。

這甲乙兩班來了三個活寶，僑生輔導處師長看到我們，總是噓寒問暖，生活起居調適與否，關懷備至，一一問到底。

回到美羅老家再返政大時，總想到師長生活輔導誠摯的心意，帶著紅花油、均隆驅風油、雞仔餅送到僑生輔導室，讓這些在異地視我們如親人的師長品嚐和送上溫暖。

那時的政大，在入口不遠處剛蓋上一棟美侖美奐的女生宿舍，另外在矮樓的男生宿舍旁，也平地建構了政大最高的多元餐廳，我總是得到工讀的眷顧機會，常在餐廳「洗大餅」，又有免費晚午餐，盤盤碟碟，洗得不亦樂乎。

女生宿舍是我此生情感萌發的難忘，我收藏了三十六年，直到去年才慢慢和友輩提起，揭發藏在內心思念乙班的女生，那來自南部濃厚鄉音，只能遠遠看去，尤其在暮色中徘徊，一廂情願的愛慕，於我心深處留下自賞的甜蜜和波動的漣漪。

那些年的木柵，那些年的醉夢溪，陪伴繆斯的腳步和影子，塵封已久，卻沒有空留。

掀開這久封的幃幕，心中隱蔽了許多年的期待，最終成了人生過程中的泡影，但總是在歲月留痕中揮之不去。紀念這段沒有結果的回憶，我告訴自己，詩是最美好的印記：

腳步放緩經過
一棟女生宿舍站在校門前
心跳加速剎那間
她不經意使我掉落
自設的陷阱漩渦
走入東方抒情的古典
遠遠望而卻步，她走向
課堂敲打的鐘聲
我向背道的雨點
我的夢積蓄半甲子
揭開不可及的遙想
收藏在我仰望的樓層

我的留臺之路從十月的涼風開始，也在十月結束，以及往後陸續發生的事蹟；九月至十月的風雨。

二〇一三年十二月八日莎阿南

卷三

失聯和解密

與遙遠的流星告別
——《逆風的年華》詩集出版後記

與遙遠的流星告別
我想再活一百年
——〈空無走向我〉

生命在混混沌沌的洪流翻滾近一甲子，最後寫詩到了可以隨心所欲，真要特別感謝二〇一二年。

這一年世界各個角落爭端和零星戰火沒有平息，瑪雅人預言世界末日的有形和無形的恐懼傳聞捕風捉影，透過傳媒，面子書（臉書），無孔不入的滲透每個人的身心，久而鑄成真身。

一直到瑪雅人預言二〇一二年十二月二十一日的黑夜降臨以後，十二月二十二日的黎明永遠不會到來世界末日這一天。迎接農曆冬至，天空卻陰晴不定。當世界各地的華人正準備好不同形色的湯圓等候家人團聚時，吉隆坡的天空傍晚下起一場空前大雨，零星閃電水災，聯邦高速大道頓成停車場，卻阻撓不了眾多回家那一顆顆滾燙如紅湯圓的歸心。

預言的世界末日沒有到來。雨停。平靜。

今年一月中旬，為了見證這一天的狂風驟雨，我寫下了兩行詩：

生命有雨
在櫥窗點點滴落

不管外面的風雨有多狂暴，停留在我心中的，卻是每天陰晴不定下著陣雨，大小雨滴從心口淌向大地，流成江河，最後匯集成詩，成為這一年多來日夜與繆斯的對話，實踐了最終以詩生活的書寫，蔚然成風而心頭有大志舒展。尤其是在二〇一二年的最後近三個月內，每日波濤洶湧，遂釀成流動的詩潮，一日揮灑一首，竟然寫得不亦悅乎。

那是在四月的臺北，代表留臺聯總赴臺進行兩場二〇一二年臺灣高等教育展展前說明會，巧合由待我如親人的林怡君替我架設面子書（臉書），從摸索與探究中，自那一刻起我才從五花八門的網絡世界與過去脫軌的朋友聯繫上，在無遠弗屆的臉子書（臉書）上，學會與散落世界各地的文友對話，回應，發表詩作與抒發感懷。若不是網絡，我無法想像，那些已經非常遙遠，結識超過半甲子的舊友，在三十多年後又從失聯的名單中再次進入斷層的記憶，觸動巨大的思緒，當我的情感世界波動越大，詩中的多重憂喜更加促成詩藝的精進和動力，進而日日成章，最後成為這本集子夢鄉的詩魂。

收錄在這本詩集的六十一首作品，是作者在二〇一一年至二〇一二年間，以一年多的生命歷練，穿梭於時光隧道並和時間同步的遊藝之詩，是內心的觀照，也是外在生活情節的一路延伸，觸角從翻滾的紅塵捕捉靈感，再從時間的流逝中焦慮思考，最終成就了一首首從無到有的詩歌創作，引人遐想。有詩，可以安身立命。

從這樣的變化和實踐中，詩人留下一片晴空的雲彩，等你停住匆忙的腳步，細讀，徘徊，而且一起尋思，詩是什麼？什麼是詩？

感謝臺灣詩人劉正偉為詩集寫序，諸多期許與詮釋，停駐在詩的心靈世界裡，讓彼此更加珍惜現在以及將來。

二〇一三年一月二十八日莎阿南

寫焦慮的詩
——《風夜趕路》後記

《風夜趕路》詩集是我自二〇一二年十一月至二〇一三年六月間，以詩人的拙筆，沉潛的迎向風雨趕往未來，與繆斯長期對話，地誌深切回憶，臺北神州詩社側寫，那些無奈和感傷，總常年圍堵，令人無法釋懷。

二〇一三年五月五日又逢政局遞嬗，瞬息萬變中，開始從迷惘中找回自我。我是誰，誰能取代我。唯有詩，才能在焦慮中尋覓成長的碩果。焦慮使血脈賁張，焦慮遺忘了自身，曾經有過那些不踏實的理想，這時停下來思索，光陰無風自動，即浪漫，浪子回頭，那麼多可詩的日子。

經歷了詩的昇華，嘔心瀝血的攀升，到了山林，星星燃起亂局的聖火。驀然回首，方舟逆流初時的水鄉，風景線上屹立無數的路標：

風夜趕路，水道深遠
螢火蟲借去星光
流失在千里外荒漠
一盞燈剛亮，微醺
裝滿了濃郁行色
旅人的衣衫

共八十首新作，詩集成七卷，每卷一個主題。

詩卷一：鄉音和足印。那些湮滅在記憶中的圖章、地名、創作原鄉和遙遠的山城，像泥地的蚯蚓，游移在美羅河畔，故鄉的河床。臺北令人神清氣爽，臺北是詩的搖籃，傷感，一直在盆地中漂流，又回到昔日初訪，那許多充滿濕氣的凜冽風霜、雨滴。

詩卷二：啞女。那些清晨一起喝早茶的朋友，有時言不及義，有時事不關己。麵檔啞女比劃著她青春的手勢，時光在她的砂拉越手巧特製的麵條清湯中消失。

詩卷三：焦慮的詩。穿梭於熱帶雨季的城市森林，詩人在臉上掛著焦慮，風霜從日子的縫隙間滑落，無須清除，只有焦慮的詩，只有詩人寫焦慮的詩。

詩卷四：癸巳年行李。這一年是詩的豐收季，也是農曆癸巳年裝載著滿滿的、回家的行李，尋覓往昔華小早晨的校地，一晃就是六十年的風雨。

詩卷五：鹿洞奇觀。來到世界七大奇觀，馬來西亞砂拉越州慕魯國家公園的一大片雨林，百萬隻蝙蝠齊集於午後，剎那出洞的的壯觀實在嘆為觀止，如果你不來，會遺憾的。

詩卷六：夢碎了。那場惡夢在大選五〇五，五月五日，一生最難忘記的日子，正義，正義，政客嘴角的毛毛蟲。

詩卷七：寫到我走。我希望文學的生命在我呼吸到最後一口空氣，寂然、恬靜，然後平靜離開。

好像悲觀了一點，忘了告訴你，我是悲觀的樂觀主義者。

就是因為特別珍惜眼前，所以更加努力當下，才不負當年初心，這是一種自律，啟發詩心，也是自我期許，這才對得起坐言起行的自己。就因為文友的互動和鼓勵，向前的動力才會一直持續。

只有大家努力筆耕，文壇才會興盛，文風才會流傳。這是沿襲天狼星詩社的文學初衷和血脈，神州詩社一往情深，那紅霞璀璨，生生不息，詩國餘韻，在半島中間。在花城延伸，在小房疾書，那些剎那間流逝的蹤影又重新回來，回到最初。

擺脫了過去緊繃的語彙蒼茫，現在面向高樓、高樹和高速公路奔馳，休息站短暫歇腳，又作另一旅程的前仆後繼。

二〇一四年一月十二日莎阿南

真正的那些年

——《李宗舜詩選一》後記

一九六九，十五歲那年。

從美羅的中學課堂百葉窗正中央望出去，靠近校長室的一隅，自左向右延伸的那幢辦公室矮樓上端，粗黑而突出的學校名稱顯眼：「中華國民型中學」。這時心中燃起了在課本上剛背誦的〈一個小農家的暮〉，華文課本出現了三〇年代中國詩人劉半農，剎時走進我小小的心靈暫駐，挑起許多童年的回憶。

這首詩好像寫著我的母親和兄姊們，在那些年代為了簡單的生活和三餐溫飽所付出的沉重代價，面對所有農耕在天地間產生同樣的悲鳴，為了躲避常見的水災和旱災，農作物接近收成時卻因一場水患或水荒旱季眼見一切毀於一旦，血本無歸。投注大量的人力和心血最後竟是無奈和絕望。後來只好另覓良田，到高地繼續耕種為生，為討生活啊！只好留下唯一有書可讀，有小學可完成就學的我獨自在朋友家寄宿，完成了三年無依無靠的小學生活。

那三年，幼苗的心思串成了孤獨的熱火，延燒在人生旅程的田野，越走越無止境。有些童真的夢想，有些小小的不平和不知所措，更有些要去承擔的意志，填滿幼年無從適應的空虛。

一九七〇年，文學啟蒙的天窗，從一片污泥的濕地，轉向可以看到山脈綿延的美羅中華中學的暗角。華文課溫偉民老師在書本上的教導解說及延伸的幽默，溫瑞安的武俠小說世界在班上鬨堂開拓，聽者眾多。以及爾後溫任平組成的天狼星詩社，奔馳各地的結社初訪，年少情懷總是詩，年少的激情像川流不息的流水，河水悠悠。

年少鼓起了一陣相互激發的詩潮，年少不服輸，年少強說愁。

年少在美羅寫成詩人的天空，一首〈最後一條街〉在山城誕生，不知天高地厚的詩人誕生。

千百年後，我再來此
用最最陌生的口音喊你最熟悉底名
最後一條街曾經走過的
許多腳步聲響起
許多腳步聲消失

這一寫就揮霍掉生命的年華，轉過頭來走過了命途多舛的二十二年。

重要事跡如一張撕破的魚網張開：

一九七三年	天狼星詩社在美羅成立。
一九七四年至一九七五年	天狼星詩社要員紛紛赴臺深造。

一九七六年十月十日	神州詩社在臺北成立。
一九七六年秋天	天狼星詩社與神州詩社決裂分家。
一九七八年	我和周清嘯在臺北自費出版詩合集《兩岸燈火》。
一九八〇年九月二十六日	白色恐怖事件，溫瑞安、方娥真成為階下囚，渡過四個月暗無天日的牢獄之災。
一九八〇年十二月	神州詩社解散。
一九八一年	遠離傷心地，遠離七年孕育充滿文學陽光的臺北，走到絕望的谷底。那時嚴冬。回到雨林，回到大紅花的國度。
一九八一年至一九九〇年	為生活奔波，緊貼上故鄉的腳步，在飄浮的生計中打轉，感覺無常。定居於蘭花城，結婚，三個孩子誕生。
一九九一年	詩集《詩人的天空》出版。未曾謀面的詩人陳瑞獻為封面畫像，詩集作序，序言簡短隱喻： 一片陽光敷在畫幅上，他提筆，把那陽光添入畫面。他思量眼下一篇詩應否定稿，一陣風吹，吹合紙，他立即簽下名字。 宗舜詩天空即付梓，書寓言一則，以誌其師造化。
一九九四年九月	踏入留臺聯總位於八打靈的會所，四層樓的高度，常常是我仰望的燈火。在上班的日子穿梭，銜接那斷了線和臺灣昔日好友的接駁。結識詩人葉明，也是烈陽下的八打靈。

一九九五年	醫生診斷葉明患癌末期餘命三個月，倉促出版詩合集《風的顏色》，在留臺聯總舉行推介禮。葉明的缺席是所有朋友們的祈福，用他的詩作鏗鏘朗誦，希望他能聽見。 這一年葉明帶著詩集藍色的封面，和藍色的天，走了。地上留下幾滴血跡，像他寫過的潑墨。

二十二年，我以這些文學和人生閱覽將三本詩集《兩岸燈火》、《詩人的天空》及《風的顏色》重新不斷推敲，將大部分的詩作重修，有些只好割愛，集成第一本詩選，在一甲子年尚能僥倖存活至今，感到特別珍惜此刻，寫上感懷，向摸不到，但很接近什麼是詩的國度致敬，是她給予我熱度，走向不斷燃燒的山火。

感激的心常令人失眠，因為有你默默陪伴，因為我在不同的人生階段走過。

感謝詩人渡也，他像陳年高粱，恬淡卻溫馨。此番替詩選寫序，寫昔日的情義，華崗的陽明山，星夜的萬家燈火，有你，也有我。

二〇一四年一月十五日莎阿南

補遺：出土詩選

二十二年得一詩選：一九七三年至一九九五年的碩果。驀然回首，二十二年像一片落葉，深埋在這片土地，深植在屋前芒果樹的枝幹間。

這出土詩選有如漫長的歲月長河，流動著永無休止的熱火。

從年少跨越到了成長，苦澀的歲月搖曳著不平的風浪，長春藤般攀爬，向空氣吸取養分。

時日積累了人生歷練，填上白紙的創作願望，日趨強烈，那些揮手的告別，青山已過，前程隱晦。

當熱血凝固成一團火，延燒開來，集成的詩魂，向天膜拜，向無窮盡躬身，向遙不可及的前方呼喚和取經。

把三本汗顏單薄的詩集撰寫詩選，二十二年來，得詩一百零二首，緬懷過去青春歲月，緬懷那段共同走過的足跡，當中的許多幻影，向我搖搖擺擺的走來。

《兩岸燈火》和周清嘯共同渡兩段詩社情緣，八年歲月，一九七三至一九七九年，我們當時還年青，很想做一番幹勁十足的傻事。

《詩人的天空》是詩人房間的天花板，十年（一九八一至一九九一）一臉土色，傷口等待時日磨平，磨平的歲月也變成傷口，等待痊癒，又開始另一個文學旅程。

《風的顏色》倉促兩年（一九九三至一九九五）和葉明結識於鬧市繁華，惺惺相惜，花團錦簇，奈何好景短暫，人影風影漂浮，直到生者為亡友合集出書。

兩位詩人先行揮手訣別，遠至天國浪跡，留下耐讀的詩行，清瘦的長影。

這本詩選敘述三本不同年代的封面故事，目次後面的塵封詩句重新出發，像遊走於人間那長串瀟灑的音符。

我在符碼裡，期待像小提琴的音色，清澈，悠揚。

二〇一四年三月二十六日莎阿南

失聯和解密
——《我們留臺那些年》後記

寫這篇後記時，剛好是原本在《我們留臺那些年》的編輯陣容之一的陳強華黯然離世後二十二天，心中悵然若失。陳強華在甲午年的陽曆三月三日猝逝，帶著一本沒有面世就下架的詩集遠離喧鬧，他藍色的月光舞會也跟著結束。

陳強華逝世五天後的三月八日凌晨，馬航MH三七〇客機飛往北京半途折返，一直失去蹤跡，十七天後，首相納吉在二十四日晚上十點的臨時新聞發布上宣布該客機已經墮海，南印度洋的狂濤，翻滾著方圓數萬公里，此刻飄浮的物件，上面都是遊魂的眼淚，向馬航客機的家屬，投遞了十七天煎熬，這時把所有夢都撕碎，一線希望如斷弦的風箏。

這兩個事件一直牽動我書寫這篇短小後記的心情。陳強華因「爛泥抄襲事件」退出編委，爾後錦忠和錦樹邀我接捧，倉促決定，唯有努力做完最後階段的工作，力邀尚未確認的留臺作家執筆，透過各種管道，協助這本文集更臻多元面貌。打打邊鼓的同時，也希望能激發前輩作家展現留臺聲音光影，退居幕後再看看紛呈的風貌。

這是開始，起步晚些，我們要記載那些留臺所走過的足跡，靠攏昔日寶島風貌，校園文化，師長關懷。回溯與書寫過去，停竭下來時，感覺有甜的蜜味，苦的色澤。

我們不要失聯。且以文本解密，以文字回到當年最純粹的歲月，遇見還在眺望未來的自己。

二〇一四年三月二十五日八打靈

失散的記憶

三月十四日：ＭＨ三七〇

馬航班機ＭＨ三七〇失聯第七天，兩百多名乘客的家人心情，和現在煙霾天氣一樣令人憂心忡忡。

各部門在吉隆坡國際機場每天三次新聞發布會匯報搜尋進展，卻無法安撫失去家人那一顆往下沈落的心情。

馬航ＭＨ三七〇，這航班的失聯，留下重重疑點，飛行的航程偏離，飛行的路線遙遠。

三月八日凌晨，世人一直在關注的焦點。

三月十五日：關懷

在花城芙蓉，為明日的大會準備會前事宜，酒店和遊客皆寫上深深的祈禱，為失聯馬航機組人員及乘客祈佑平安，雖然他們都遠在我們的視線之外，但卻在我們的深深的關懷中。

三月十七日：甘霖

昨夜那場大雨，如久旱逢甘霖，舒暢無比，趕走鬱悶在心中的熱氣，也趕走那些煙霾糾纏不清。

天空帶來藍色的翅膀，遨遊在晴朗的，難得亮麗的長空。

三月緩慢的腳步令人諸多想起，是林火和煙霾，或是災害和空難，那些避不開的劫運，像避不開的風火來襲。

三月十八日：慘痛的回憶

不曾有過的寂寥來襲，那是忙完數日的積累，心事的沉澱，從容不迫要自己停歇下來，在書頁的翻動間，翻動著這靜夜的不平，和一些與過去慘痛的歷史回憶。

第十天了，失聯馬航還沒有明確訊息，但在第九天，天空就一整天下著雨，斷斷續續的，在為這不明下落的生命而哭泣。

三日二十五日：狂濤

南印度洋的狂濤，翻滾著方圓數萬公里，飄浮的物件，上面都是遊魂的眼淚，向馬航客機的家屬，投遞了十七天煎熬，這時把所有夢都撕碎。

三月二十七日：日夜翻騰

通路的標槍衝破高浪，官方宣布馬航ＭＨ三七〇在南印度洋失聯終結，多處飄浮的物體，翻騰成一張張風帆，深夜裡，靜靜地向無人的海灘靠岸。

三月二十八日：歷史的巨浪

二十一天過去，歷史是狂濤巨浪，翻覆著南印度洋。怕來不及了，迷途的眼神，唯有十指相連，心和心同在。那些惶恐的碎片，在等待分析，早日解碼。

三月二十九日：等待

穿過迷霧的鐵鳥，不明蹤跡。航行大洋的船艦，一無所獲。天氣咆哮，直透雲端，讓飄移的物體難撈，等待像風暴狂捲，在更深，更遠的海洋。等待。

三月三十日：甲午風雲

一百二十年前的中國，一八九四年，發生了史稱甲午戰爭悲劇，中方割地賠款，飽受欺凌。

到了兩個甲子的新世紀，新的甲午年發生馬航ＭＨ三七〇失聯，二十二天後飛機殘骸還沒發現，世人都在關注這個事件，繃緊神經。

甲午年從一開始就像野馬脫韁，飛機自大馬的天空起飛，目的地是中國北京，隨後機身像大難臨頭折返，飛過馬六甲海峽，穿越印度洋，神祕失蹤。

甲午馬年風雲色變，聞馬驚魂，甲午年苦難來臨，煎熬了每個焦慮的心靈。

我們該如何書寫，這機上二百三十九名乘客說不完的故事，和無法釐清的事故！但我們希望還有奇蹟。

四月二日：煎熬

等待如看著時間秒針移動紅色警訊，煎熬成一張憔悴的臉，迎面冷風。

二十四天有多長？南印度洋怒海狂濤，幾十呎的高浪，打翻了家屬一個個期盼和希望。

失蹤客機雲層飛過的航線，和這獅吼的海洋一樣神祕，深不可測，尋索遙遙無期。

四月三日：回家

遍尋不獲機身殘骸，終有一天會冒出水面，向大浪說：我失散，我可以回家了。

遠洋的每艘船艦，旗幟鮮明向茫茫煙霧航行，打撈起來的，都是無法拼湊的圖像，最終漸漸向淺灘飄移。

上色的天空——詩人側寫

（一）魔鬼的心靈——陳強華

走入詩人的寫作心靈，就像走入眾神的殿堂充滿奧祕和故事。北馬「魔鬼詩人」陳強華，以一支健筆，及其獨特的語言行走詩壇數十年，人生際遇和情感世界並未因命途多舛的一波三折而未捐傷其創作才華，近年來峰迴路轉，詩語言精簡有力，生命頓悟後釋放更多靈機。

只要是順應那顆寫詩的初心，詩境通達心靈，每一頁從心中自在的寫法，遂造就馬華文壇魔鬼詩人自成一體，響亮的美名。

也唯有這樣，才能體現詩人的這段告白：

「平時看似爛泥，用詩養病，也用病養詩。在傷痛中抒情，亦在抒情中尋覓痊癒。」

二〇一三年五月二日八打靈

（二）相惜——邢詒旺

那是一次很特別的活動，四位詩人何啟良、周若濤、邢詒旺和我，第一次聚首於留臺聯總，舉行隆重而簡單的新書推介禮。

我從有人出版社曾翎龍處拿到邢詒旺的新詩集《鹽》，看到這位年輕詩人的作品，他那首〈想家〉就深深吸引了我：

想家又不想回
像浪在海邊
枯萎成海岸線

驚喜和期待，就在這一天相遇。

後來我們又在新紀元學院和南方學院共同出席新書發表會。漸漸的，年輕詩人的樣貌和短短詩行潑灑在宣紙上，等時間烘乾。

期待是一個詩人寫不完的美夢。

這一回全國大選，許多令人沮喪的事情在開票夜發生，但我們對這個家園還是抱持一線希望，像詩人在結束說的：

選舉過後，我們正在為土地準備一份禮物
我們痛，我們感謝這片土地的繼續分娩和忍耐

二〇一三年五月八日莎阿南

（三）上色的天空——周若鵬

閱讀年少詩人周若鵬的作品，好像在閱讀自己年少的從前，圍繞在飛逝的行雲流水間，寫法筆觸略異，心境相似，因為我們曾經當年。

十七年前和葉明合集《風的顏色》新書發表會，臺前悲傷的一刻，竟被青年詩人歷歷可見捕捉到現在，往後再看他的詩作，自形一格，後生可期，必然是自己的天地。

你引我們乘調色盤翱翔
天地是畫紙，日子
是任意飛濺的顏料
日月星辰唱著歌
乘彩虹色的雲船
徐徐橫渡世界
沒有海平線

詩人跟隨年齡成長，此番為小兒的童話世界上色，畫紙、飛濺的顏料、彩紅色的雲船憧憬和期待，讀起來特別有童趣和顏彩。詩人和孩子的影形更是活生生的精彩，孩子一笑開來，詩人說道：已盡是從未見識的繽紛。

作為詩人，他也預感往後的生活會褪色和變質，怕的生活的磨難會使童真走樣，畫筆還否能恣意飛舞？

詩人是樂觀的，他在結尾看到孩子笑了，翻開純白的新頁，給他繼續上色。

這是一首身為人父必讀的好詩，喜歡，推薦給你。

二〇一三年五月十四日莎阿南

（四）童話天空——呂育陶

初生的嬰兒呱呱墜地，抱在懷裡，為人父者，心生喜悅，略帶小小的恐懼。比喻生命成長，育陶希望孩子在長大，能像家裡園子的辣椒樹，每天澆水，「就會開花／結出殷紅細小的手指」，即活潑又可愛。

生動，文字自成小宇宙，呂育陶和讀者，都陶醉於父子親情的天地裡，捕捉最純美的剎那，那些最易流失的童年時光，作者希望帶著童話的故事，但有時也不可預期：

你耗用一季節的等待
連一個回眸也沒有

是悲觀的耐心等待成長的煎熬，詩人期許自己的童年和孩子相遇，因此覺得在屋簷下一起玩家家酒最寫意。

每個人生命的際遇和寫詩的奧妙關係，似乎都能藉由文字和意象的反射內心，獨照一面清鏡。

這回他信手拈來，寫情親，更把多年來累積的功力，淺顯的灑滿他的花園，他那片童話天空，或者說，每個為人父者的幼兒園裡。

二〇一三年五月二十一日莎阿南

我和文學

（一）

你以為看到全部，其實這只是真相的一部份。你以為征服了整座山，卻忘了山後還有一座大海。

星期天有星期天的忙碌，清除積塵，閱報，見見年輕的詩友，晚上趕赴一場盛會，日子在雲霧間漫步，自行穿梭。

生命有時會停下來思索，何謂存在！

二〇一三年四月十四日莎阿南

（二）

我一輩子都在追求美中不足的完美
因此傻乎乎成為一個詩人，而且最鍾情於詩
並且停停寫寫，斷斷續續完成了我的詩生活

二〇一三年六月二十日莎阿南

（三）

生活與詩息息相關，那是接近真實與虛擬，也可假借任何當下的事情，如電影、看書引起觸動，一些發生在身邊的小事，觸景生情，經過文字的洗滌和精簡，必定虛實並存，情境交融，否則詩只是生活的素材，善加調和應用，詩人煮好的飯菜，才香醇，有韻味，則回味無窮。

還是解構大師羅蘭巴特說得好：「作品產生之後，作者宣告死亡」。

詩人退居幕後。

二〇一三年六月二十二日莎阿南

（四）

當我離開的時候，如果還有一首詩深夜讓你感動想起我，我這一生就沒有白活。

有人出版社實習生劉耀勝約見下午訪談創作，詩與生活。

我說二〇一一年元月至今一年半，一共寫了近四百首詩。

我也不知自己是如何走過來的，忙碌的過日子，忙碌的天天與詩為伍，詩人好像天天都在換血。

二〇一三年六月二十三日莎阿南

（五）

文學，尤其是詩，總是語不驚人死不休，浪漫而雋永。帶點苦澀同時甘美，如咀嚼橄欖卻回味無窮。

詩人時刻尋覓未經雕琢的玉石，增添詩采，感慨人生逆境徒勞無功而沮喪，又富人生哲理，產生歧義。虛實間營造疊蕩的多層象徵意義。

欲語還休，偶爾情境低沈，時而荒腔走板。生命有體悟，流浪是心境的浮木，語音帶著蒼勁，可泣可歌。

別人覺得他無聊，但他認真。他是虛構主義者，也是真情的知音告白。意象疊嶂一直鋪陳詩質的密度，語言濃縮精簡，對現實存在的糾結和困境，終將提昇到另一層次的美學境界。

遇事啟動神經，感慨生世命途多舛，牽腸掛肚，嘔心瀝血，有所指涉，旁人視若無睹，唯他感同身受。

二〇一三年十二月二十三日莎阿南

（六）

詩人是天才，和瘋子是一線之間，瘋子沒有未來，最終走進瘋人院。詩人則繼續高歌，昇華，寫五味雜陳的詩章，對著空氣，帶點傲慢和無奈的說：我是寂寞的。

一扇繆斯的天窗，就是他預定步入殿堂的大道。生命短暫，青春會憔悴，明日黃花，只有耐讀的詩是永恆。

卡夫卡說過，惡不存在，一跨過門檻，就全是善。詩的善美令人憧憬嚮往，真情擁抱當下，關懷世間苦難，成就詩人對繆斯的傾訴，即隱匿又自我，風格誕生，詩人誕生。

二〇一三年十二月二十四日莎阿南

（七）

一個人對文學堅持的態度，將決定一個人在文學創作的高度，堅持如同登山，攀越高峰倍增孤單，但看得寬闊、深遠，如霧如花，虛實同步，天地與我交集，人在山中。

跨出門檻最艱難的一小步，你會發現，那是海闊天空的一大步。

（八）

歷史的事跡頻頻沾血，常使人無奈和慼嘆，哲學的殿堂遙不可及，會使人更加堅定和徬徨。

文學的世界是薰風的落葉，使人陶醉和清醒，我在詩中，我在行雲流水間。

大夢初醒時，依然故我，自在，依然一葉扁舟。

不要太相信自由，很多詩人死於自閉，更多的詩人死於自由，自律的詩人繼續書寫，存在。

二〇一四年三月二十四日莎阿南

卷四

北行風雨

北行風雨

——記二〇一三年十一月十二日至十八日臺北文學之旅，寫了《北行風雨系列》

北行風雨八天，遇到所有想見的舊識和文友，也和師長餐敘，甚歡悅，無缺憾。出席文學研討會，沒有預約的詩和南管結合音樂會，紀州庵和老友相聚卻引來另一場與神州詩社連接的林耀德研討會，也感染客家村詩友新書發表會盛況。苗栗山水，盡入眼簾，杭菊白花似雪，月桂樹民宿留影，仰望大山的日出。到了桃園，清晨看日出，鬧中取幽，觀出土荷花，池塘靜好。

行程滿滿，匆匆二〇一三年轉眼即將到了尾聲，到了收成。

今晨返回熱帶雨林，又是一番風貌，卻帶著數十本厚重的詩集，閱覽群書，詩意甚濃。

謝謝，因為風，因為有你。

二〇一三年十一月十九日桃園

北行風雨系列一

二〇一三年十一月十三日，上午煙雨，親訪鬧市樓中樓主詩人楊平，短暫相談甚歡。

談我們曾經狂敖過的詩社，文壇趣事，書畫與人，互贈詩集，帶著不捨雨中向詩人揮別。

二〇一三年十一月二十一日莎阿南

北行風雨系列二

二〇一三年十一月十三日中午，微風細雨走進內湖。

約了秀威出版資訊承辦出書編輯洽談兩本詩集出版細節，該資訊公司宋政坤總經理盛情午宴招待海外作家，三位詩人鄉地相遇。

遇到想見的人以及不期而遇的驚喜，讓人身心開朗，午間暢所欲言。

二〇一三年十一月二十一日莎阿南

北行風雨系列三

北京有位總書記，臺北有家總書記。

二〇一三年十一月十四日下午，冬陽暖暖，踏出臺北羅斯福路三段地下室通道，出口處，轉個彎上到二樓二手書店總書記，孫金君引我到專放詩集的書架，竟然出現許多絕版的書，如向明、鄭愁予、夏青、侯吉諒及王廣仁等詩集。

還買了羅智成簽名的《光之書》，所有書的重量也是詩的重量。

二〇一三年十一月二十二日莎阿南

北行風雨系列四

二〇一三年十一月十四日傍晚，鬧市取幽的臺北溫州街，一排矮房轉角處的咖啡館。

我們相約在詩人龍青和黑俠經營的魚木人文咖啡廚房。這裡有新書和絕版書，有各地文友在牆上塗鴉，寫上詩句，也有定期文學聚會，更有滿室的人文氣息。

這回是大馬的辛金順、黃華安和我，相約孫金君、詩人向明和六寬，在魚木人文咖啡廚房聚餐、贈書，請詩人向明在詩集簽名，聆聽龍青對一首好詩的即席朗誦。

這一夜深談及找到心愛詩集和絕版書，非常開懷，意猶未盡而歸。

二〇一三年十一月二十三日莎阿南

北行風雨系列五

二〇一三年十一月十五日，午間細雨，天空灰濛。

我此行最想見的老朋友之一，陳正毅。

他和神州詩社的結緣，可追溯到上個世紀的七〇年代中期，他帶著沉重編曲高歌吟唱的鄭愁予「殘堡」，事隔近四十年，還是聲聲入耳，歷歷在目。

他在今年五月二十一日臉書上說「今回診，坐等三小時，醫師宣布驗血結果，腫瘤指數飆升，癌細胞失控，推估餘命三個月，我決定順期自然。」。

他年長我二歲，五十七歲時首度發現罹患腸腫瘤，與癌細胞奮戰，但沒有停止寫作。

今年七月出版《用生命書寫》，寫一個新聞人四十年的心路歷程。在深坑的冬天見到他，此行無憾。

二〇一三年十一月二十四日莎阿南

北行風雨系列六

二〇一三年十一月十五日下午，細雨停歇，天空依然灰濛。第一次相約近四十年未曾見過面的神州詩社好朋友林保淳，他和陳素芳、溫瑞安是臺大中文系同班同學。

轉眼幾十年，他現任師大國文系教授，中華武俠文學學會秘書長，在師大開了一門武俠小說的課，紙面上行俠仗義的感人事跡，有多少是真實的畫面，或是被創作者刻意宣染，世間和紙上都像這日午後的天空，灰濛得說不出個所以然。

聯絡上我的是教授指導的學生溫翎君，就在武俠小說這門課上，碩士論文涉及當年神州詩社的人和事。這一次三人在深坑會面，可以暢談的無所不言，一些隱晦的只好點到即止。

會後林保淳憶神州寫了兩首詩贈我，好像那份情誼依稀停住，且浮現在同樣是冬季冷風中，三十八年前臺大椰林大道的校門口。

二〇一三年十一月二十六日莎阿南

北行風雨系列七

二〇一三年十一月十五日晚上，涼風吹過西門町，有點熟悉但湮遠的記憶，臺北紅樓劇場。

一場沒有安排在行程中和預約的盛會。

國立臺灣文學館十週年紀念，續臺南第一場演出，現代詩和音樂再度結合：臺灣民間文學曲藝南管音樂會，這晚在臺北紅樓掀開序幕。

詩人余光中的詩〈洛陽橋〉和音樂人王心心的唱功，配合音樂光影，那個晚上最特別的音聲曲藝饗宴。

只可惜詩人余光中不在現場。

如果不是臺灣文學館李瑞騰館長約了陳素芳，素芳的代邀，我哪有機會聆賞這超水準的演出！

散場依依，唯有找陳素芳、李瑞勝、楊錦郁和王心心合照留影。

二〇一三年十一月二十六日莎阿南

北行風雨系列八

二〇一三年十一月十六日，星期六早晨與研討會有約。詩人劉正偉載我到了目的地，臺北教育大學的禮堂，一場「一九六〇文學世代與文本主題閱讀」研討會在那裡掀開，文學風貌逐一粉墨登場。

再次見面的李瑞騰，久違詩人方群、渡也、楊宗翰、解昆樺，全都在研討會遇上了。

二〇一三年十二月八日莎阿南

北行風雨系列九

二〇一三年十一月十六日中午，老友喜相逢。

臺北有座文學森林紀州庵，小說家王文興在這裡住過，小說誕生。

此行最想見的老朋友，由素芳邀約，一網打盡全部都相聚在這座文學森林。神州舊友陳素芳、胡天任、邱俊龍（馬修），好朋友李男及林彥廷齊聚一堂，甚歡悅，好朋友一年才見面一、兩次，話題多到是東南西北，無所不談。

紀州庵不只是文友聚會的地方，有小型書店，擺設的都是文學作品。印刷術圖文介紹，研討會禮堂等。

文訊總編輯封德屏也過來寒暄合照，也會見紀州庵企畫經理邱怡瑄，下午還有場林耀德的研討會。

二〇一三年十二月八日莎阿南

北行風雨系列十

二〇一三年十一月十六日午時，在紀州庵舉辦的「火光之隙」閱讀林耀德研討會上，被楊宗翰邀去參與其盛，講些感言。

林耀德參加神州詩社時才十六歲，常穿師大附中校服參與各項活動，他的年少才華在當時少年神州同輩中最為突出。

卻沒料到在研討會上遇到七〇年代在管管家結識的海軍詩人汪啟疆，這回巧遇，他已官拜中將，是名符其實的「將軍詩人」了。

二〇一三年十二月十日莎阿南

北行風雨系列十一

二〇一三年十一月十七日，週日初起自山頭的朝陽，圓滾滾的向苗栗客家村揮手，借宿詩人劉正偉的老家，料峭竹林，斜坡金桔，一覽眾山之神木，無限靜謐綠野叢林，鳥鳴穿梭小峽谷流水，有著花樣年華。

二〇一三年十二月十一日莎阿南

北行風雨系列十二

二〇一三年十一月十七日上午，行程最後一站，出席由詩人劉正偉在內的九位苗栗縣作家的新書發表會，這個由苗栗縣政府贊助出版及獎助作家新臺幣一萬元（繪本作家兩萬元）的「苗栗縣文學集榮獲出版作家新書發表會」，場面隆重而壯觀。

一個縣政府一年就獎助九位作家出書，文風之盛必將影響深遠，難怪其中一本得獎書名叫「明年再來」，文化處處長也請大家明年再來參賽。

在前一天研討會碰面的詩人渡也，也趕來參與這個盛會。劉正偉的得獎作品《遊樂園》，精裝本還有作者簽名。

二〇一三年十二月十一日莎阿南

北行風雨系列十三

二〇一三年十一月十七日下午，一通電話，把一個三十多年後在臉書上找回來的神州舊友張國治，原以為赴臺前聯絡不上，這回卻在午後的臺北驚喜相遇。

有時候懷念老朋友，用詩的含蓄，只要有詩不老，最容易勾勒絲絲串起來的回憶，像這首寫給他的詩：

那個島嶼夜空晴朗
有著數不清的星晨閃爍
常在萬家燈火駐扎
一長串的思念如洩洪
只能用畫筆鉤摹

時光荏苒的青澀薄霧
從夜市飄散過的油煙
在我們居住的樓房生火
盤旋論證詩藝，場景快速變遷
我還依稀記得那許多
上樓的步履匆匆在房中交錯
肺腑之言牽緊著熱血
連深呼吸都叫人難安
風起的時候
臺階瞬間那樣秋高氣爽
你最喜歡以高分貝的喉音訴說
這晴朗的天色，外衣可曾
有你我投遞的詩句在雙眸
長久膝坐串聯成星火？
那個使我一晃就是一輩子的圍城
許多舊影重疊過
復又交織著紅紅的爐火

名字用清血灑落
若再頻頻呼喚歸人的家居啊
早就成了世間遺忘的詩社

二〇一三年十二月十六日莎阿南

卷五

封面故事

封面故事

溫任平，《風雨飄搖的路》
（駱駝出版社，一九六八）

那是一九六八年，五字輩出生的我們，那群天真年少，在霹靂州美羅中華國民型中學上初中，剛接觸到馬華和臺灣文學，心中火熱，也注定這一生闖入了文學的飄搖之路。

溫任平這本在一九六八年出版的散文集《風雨飄搖的路》掀開我年少對文學憧憬的畫面，起伏跌宕是血液裡流動的江河，一直伴隨走到今天。

文學帶給我無窮的憂傷，喜悅和嚮往，無怨無悔，樂在其中。

二〇一三年一月四日莎阿南

封面故事二

何乃健，《流螢紛飛》
（犀牛出版社，一九七八）

晚風捲起了白雲縫紉的營帳
遠足到山林中野餐
臨著漸濃的暮靄
擦亮一螢星火
在夜涼裡取暖

——節錄《流螢紛飛》第八節

水稻詩人何乃健。

他是大馬水稻專家，在聯合國水稻年刊發表水稻論文無數，集詩、散文、水稻、佛學專著於一身，一生孜孜不倦從事專業領域工作和文學，數十年乘著火車奔走於北馬魚米之鄉的亞羅士打及吉隆坡出席各項文學話動。

二〇一一年出版詩文集六冊，這本於一九七八年面世的《流螢紛飛》詩集，悠悠敘述著他對世間的關懷，優美恬淡。

二〇一三年一月五日莎阿南

三　封面故事

周清嘯、黃昏星，《兩岸燈火》
（神州詩社，一九七八年）

——紀念我和周清嘯在臺出版第一本詩合集，
寫成的陳年往事：

春日溫婉招手
流轉臺北高樓天臺
從車聲響徹雲霄
綠樹成蔭吟唱
午後朗朗的詩句
陽光擦亮窗戶
顏色在晴天寫下
錯覺的風景
藍底封面高柱掛上
點亮兩岸燈光
一首完稿的詩

二〇一三年一月五日莎阿南

四　封面故事

周清嘯、黃昏星，《歲月是憂歡的臉》（德馨室出版，一九七八）
——紀念我和周清嘯在臺出版的第一散文合集。

第一次從高雄德馨室出版社洪宜勇兄處拿到現金版稅，興奮不已。

返馬後自己沒帶回，後得錦樹及好友在舊書攤尋獲割愛轉贈，手上僅存兩本。

許多詩社聚會場景，在那個創作的黃金時代，一一濃縮和如影隨行記錄了我們在文學的成長。

超過半甲子的年歲，一晃就是三十四年。時光不留痕，但生命跌宕起伏，有許多風雨的記憶，好像把我們吹到天涯海角，沉寂後，又是新的起步，若即若離。

二〇一三年一月七日莎阿南

封面故事 五

從地獄寄回的明信片
　夢如破枕落在床第
時鐘延續可憐的呼吸
　針臂有時指向愛
　　有時指向死

——節錄方旗〈我的子夜歌〉

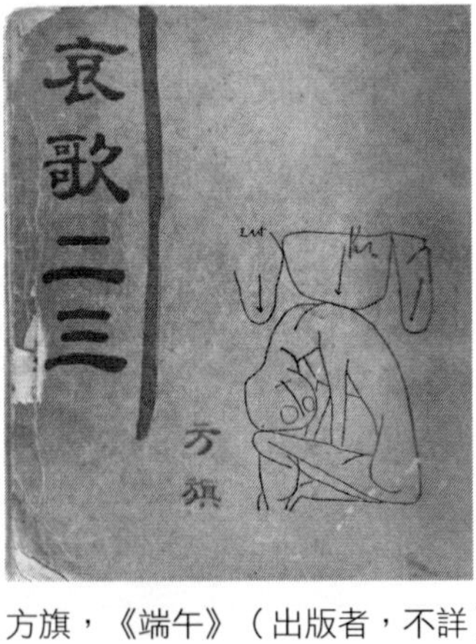

方旗，《端午》（出版者，不詳）
方旗，《哀歌二三》（出版者，不詳）
（六〇年代末或七〇年代初）。

一九七五年深秋某一天，臺灣大學校門口近天橋的羅斯福路，一排不起眼的矮店在秋風的塵沙中依舊開市營業，不起眼的香草山書店夾在其中。

愛書者情不自禁的向書店挨過去，窮學生明知口袋的新臺幣伍拾元可以充當兩天的生活費，還是走進書店看看書，管他有一餐沒一餐的。

那天我花了四十元向一位店員工讀生買了這兩本絕版書：《端午》及《哀歌二三》。

就像這兩本書，它們像詩意的遊魂伴我渡過三十七個端午節，品嚐了許多生命的哀歌。

三十七年過去了，香草山書店已消失在臺北。去年年中在臉書不經意的出現了一個名字：孫金君。已經淡忘的香草山書店女店員的名字從此再次喚起我渴望詩藝的記憶，也有緣再次與濶別多年的愛書人飽滿短暫的在臺北相聚。

這兩本詩集陪伴我浪跡天涯，從臺北，吉隆坡到落腳處的莎阿南。

二〇一三年一月八日莎阿南

封面故事 六

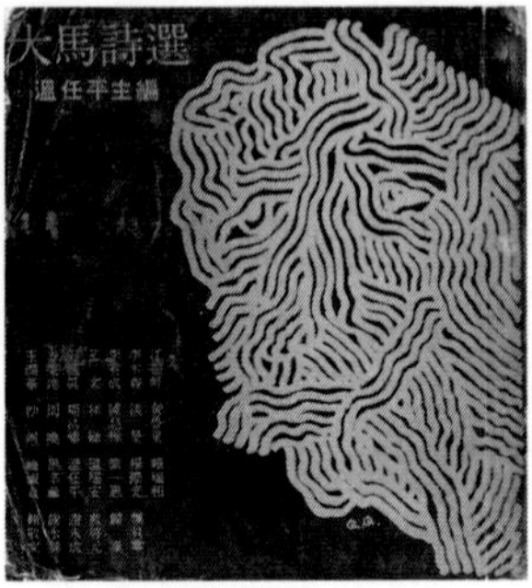

溫任平主編，《大馬詩選》（天狼星詩社，一九七四）收入二十八詩家作品。

當時近二十歲的詩人有溫瑞安、方娥真、周清嘯及黃昏星。

三十九年後，亡故者不算，幾近二十人封筆熄火停工。

我們當然不可能要求詩人寫一輩子的詩，江郎會才盡，很少生活的歷練會熬成墨汁的。

這句話有意思：

長江後浪推前浪，前浪死在沙灘上。

二〇一三年一月八日莎阿南

七　封面故事

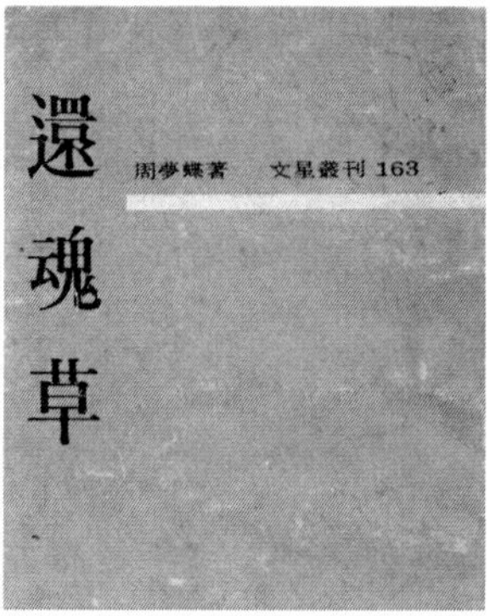

周夢蝶，《還魂草》，
（文星叢刊，一九六六）

「凡踏著我腳印來的
我便以我，和我底腳印，與他！」
你說。
這是一首古老的，雪寫的故事
寫在你底腳下
而又亮在眼裡心裡的；
你說。雖然那時你還很小
（還不到春天一半裙幅大）
你已倦於以夢幻釀蜜
倦於在鬢邊襟邊簪帶憂愁了

——節錄《還魂草》

「百讀不厭」是讀周公詩作最大的享受。

年少輕狂讀來不求甚解，有感覺沒歷練，以為詩意容易捕捉，靈感喜歡天才。

在臺北出書搞出版社，到武昌街周老的書攤寄售出版品，敬重他及景仰他，匆匆聊幾句，兩個詩人，一個在寒風中的攤位買書討生活，一個在煩惱著印刷廠老闆大嗓音追期票過帳，還有什麼話題？回頭探望他的背影，修長高大，在冬天，留下幾許無奈及疼惜，那是後輩對仰慕的詩人一種說不出來忐忑不安的心境，驀然回首，已回到熱帶雨林，寫了一首〈武昌街〉紀念當時情懷，唯事過境遷，傷痕累累，過著平靜的日子寫詩，希望周公託夢。

去年九月二十二日親臨新店周宅相見，九十二高齡他還記得昔日的黃昏星，一個一個字用心緩緩在詩集上寫字留言，宗舜此生無憾啊。

回馬後再寫了第二首詩，紀念短暫相聚，以及在周家與周公一起吃長壽麵，歷歷在目的場景，帶著滿滿的欣喜回到這裡，期望把詩寫到老吧！像周公那樣堅持。

二〇一三年一月一〇日莎阿南

封面故事 八

余光中，《蓮的聯想》
（大林出版社，一九六七）

雨珠從樹上垂直地滴落
我髮上的十月是潮濕的
無風的空中懸著蛛網，懸著光
好幾克拉的光
……
互窺靈魂如何絕食，如何自焚
隔著垂簾的睫
想像，我們的愛情多麼東方
多麼古老，多麼年輕

——〈蓮池邊〉

向詩人致敬，在那個物質貧乏，迷詩迷到可以在當時的美羅把一本本借來的詩集，用手抄的方式編《綠洲期刊》，咀嚼〈愛情多麼東方〉，背誦〈好幾克拉的光〉，封面詩人的大頭照，內文加插畫，同學們互相傳閱兩大本「余光中專號」，愛不釋手，激昂和興奮，一讀再讀，有感覺卻不解深意，從中華國民型中學的課堂，到戲院街後巷轉個彎，高腳屋「聽雨樓」一片微暗的燈光，年少心胸寬廣、發亮。

啟蒙的文學恩師最初在小開本力透紙背的鉛字和我們初遇，寬大的背影，一路從模擬的對象，轉換詩風的成形，走過了許多風雨漂泊的道途。

後來終於在臺北夏門街的余府目睹了詩人的風采，師母范我存的拿手家鄉菜，催促多吃一些，生怕異鄉遊子的饑餓沒有填飽。余家三姊妹珊珊、佩珊及幼珊在偌大的廳堂幫忙端菜，穿梭招呼。對生活和閱讀苦加修行，漸漸了悟那時代的詩人，寫法可以那麼後現代，當然〈星空非常希臘〉就不是足為奇了。

啊！愛情多麼東方，多麼古老，多麼年輕。

數十年後，又是另一方勝景。

二〇一三年一月十一日莎阿南

封面故事　九

張曉風，《地毯的那一端》
（大林出版社，一九六九年）

從疾風中走回來，覺得自己像是被浮起來了，山上的草香得那麼濃，讓我想到，要不要有這樣猛烈的風，恐怕空氣都給香得凝凍起來了。

我昂首而行，黑暗中沒有人能看見我的笑容。白色的蘆荻在夜色中點染著涼意～這是深秋了，我們的日子在不知不覺中臨近了。我遂覺得，我的心像一張新帆，其中每一個角落都被大風吹得那麼飽滿。

——節錄〈地毯的那一端〉

年少讀出前輩散文家創作心路歷程，真實而浪漫，想像卻很遙遠。

感覺自己在地毯的另一端走向未來，嚮往著有朝一日和作者見面時，帶著這本小開本的書，請她簽個名就心滿意足了。

後來我們不止在臺北和作者見了面，還在她家作客，多次品嚐了她親自燒煮的家鄉小菜。

我們多次到心儀的張曉風家作客，而且是聯袂同行十幾個社友。這回是作家親自下廚，家鄉小菜和香噴噴的炸雞擺滿一桌。張曉風在文訊二九六期刊登一篇文章提到：

記得有一年聖誕節，想請他們吃一頓豐盛的，便在家裡備膳，倒也賓主盡歡。飯罷擠在客廳，我家的客廳大約九坪大，他們一個挨一個坐在地上，居然還擠得出一小塊表演區來唱豪氣干雲的歌，打虎虎生風的拳，真的差點掀屋頂，事後亮軒說：「哎呀，這種聖誕夜，倒沒見過。」

作家對海外遊子的飢腸，有著無限體恤的溫暖；在冬季，她送上來的不只菜餚那麼簡單，她的心意才使我們難忘。

小開本的書後來不知為何沒請作者簽名，卻陪伴我跨越了兩個世紀。想到八〇年代初神州詩社遇難，曉風女士、已故朱炎老師及文壇前輩余光中、亮軒、羅青及金庸奔走相救場景，再重溫她的散文，除了感激，更加浸潤在她力透紙背的英氣及俠意的情懷而回轉盪漾，形影久久揮之不去。

出事的三十二年後，我和金順與作者在雨中的羅斯福路臺大對面某咖啡館喝下午茶，這回，曉風女士終於在新書上簽名留影了。

二〇一三年一月十三日莎阿南

封面故事 十

天是藍的，海也是
妳呢？我底妻，我
記憶中的臉，星空下的
一片柔弦

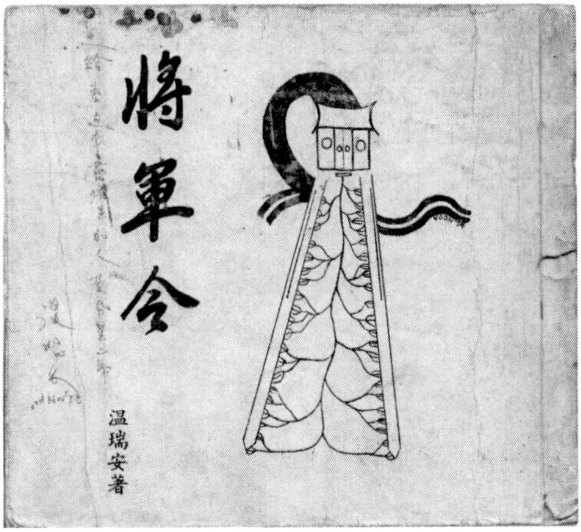

溫瑞安，《將軍令》（天狼星詩社，一九七五）

啊不要輕拍，不要把這
甯謐的甜夢驚醒
不管燃香或是搖鈴
都渡過那清澈的江河
轉身入拱型的石橋，回首望：
前生今生來生，皆
幻滅在花前月下燈旁

——節錄自〈癸丑殘譜〉

一九七三年寫成的這首組詩，溫瑞安才十九歲，許多可以任意揮霍的年少時光，我們都沒虛渡，那些年是我們純真迷詩的日子，搞期刊，加入綠洲社，奔馳於美羅、安順、沙白安南、冷甲、金寶、怡保及吉隆坡，好像踏在天狼星詩社的腳下，詩意清純。

我最懷念這段青澀年華，也緬懷《將軍令》詩中的才情，讀後掩卷，握在手中，久久不欲放下。

二〇一三年一月十九日莎阿南

封面故事 十一

張塵因（張景雲），《言箋集》
（人間出版社，一九七七）

我曾聽過你的歡笑和低泣
在無數個暗夜〜〜啊今夜
叢林在冷冽的晚風中微微顫慄……
列車在行進，聽軌聲
轟隆轟隆奔向黎明
我記憶你三百年的屈辱
在無數個暗夜〜〜啊今夜

曠野濡浸著濛厚的白霧……
列車在行進，聽軌聲
轟隆轟隆奔向黎明

——〈夜旅〉，一九五八

這本詩集是馬星文學叢書少見的開本，沒有標新立異，簡單而嚴肅。收入了自一九五八年至一九七七年創作，風格的成型跨越近二十年。

從前面引錄的「夜旅」創作年份看，張塵因的詩創作在馬華文壇那個風雨的年代堅持獨特的書寫風格，當可從這二十年的詩作看出端倪。

這首在一九五八年從星隆火車上寫成的〈夜旅〉，五十五年後，讀來還是那麼鏗鏘有韻。

我們期待這位嚴肅的詩人另外一本與眾不同的新詩集出爐，或者還有第三，第四本……

二〇一三年一月二十日莎阿南

封面故事 十二

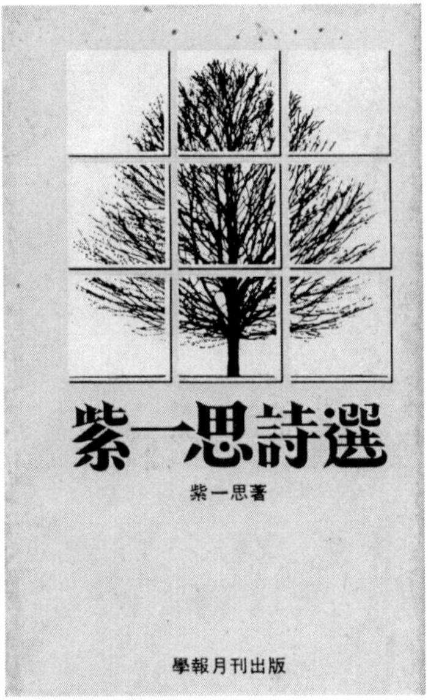

紫一思（李生），《紫一思詩選》
（學報月刊，一九七七）

你垂髮而醒
發覺自己已垂著下跪
猶若一隻拜月的水鳥
在一塊空曠荒涼的土地上
不想歸去
凡垂髮而思的是樹是草
是永恆

你是萬籟
在深月獨醒

——節錄自〈凡垂髮的〉

凡當過《蕉風月刊》的編輯人，幾乎都是馬華重要的作家之一，而且大部分都是寫詩的高手，從白垚、周喚、李蒼（李有成）、陳瑞獻（牧羚奴）、梅淑貞、紫一思、沙禽、張錦忠及周清嘯比比皆是，當然少數例外如姚拓、許友彬、小黑及許通元則是小說的眷顧者。（若資料有遺漏，請現任的蕉風季刊主編許通元補正）

紫一思是《大馬詩選》二十七家之一，收錄在《紫一思詩選》的三十八首詩，寫作年代從一九六九年至一九七二年。只是停筆多年，與君談起，避重就輕，話題從中閃過。

八〇至九〇年代我常到蕉風編輯部找他聊天，九十四年他送這本詩選時書已發黃，出版詩集及贈書相隔十七年。

紫一思的「反觀內省」詩句（溫任平在序文提到）讀來令人對人生議題充滿省思，詩意耐人尋味。現在想到紫一思，只好望書興嘆啊！

為什麼馬華詩壇眾多武林高手過了三十歲以後就停筆？

是生活壓力？是興趣轉移還是江郎才盡？

還是其他理由，如寫不出來，眼高手低？不敢面對過往的經歷與自己！

二〇一三年一月二十一日莎阿南

封面故事十三

沙禽，《沈思者的叩門》
（燧人氏出版社，二〇一二年）

例如一七八九年法國大革命
巴斯第監獄的重門倒塌了
激昂混亂的呼聲
或者今日凡爾賽和巴黎也無從追憶
而冷瞍的斷頭臺
最終也只是供人憑吊的陳跡
但這並不是說

它和一九七八年在赤道叢林的我
毫無關係
灰飛煙滅伸延的天空汲取它的象喻
風吹雲散雲聚
我在酷日的行程裡飲下偶然的雨滴
讓它輾轉成為澎湃心海的第一千條支流

——節錄自〈縱橫遊〉，一九七九

這本眾人引頸期盼，由詩人自許加插了「四十年詩綜」的詩集，收錄了作者自一九七一年至二〇〇八年近五十年詩作，沙禽的耐心與對創作的嚴肅態度，令人敬仰。

可是早在一九七一年一九七七年張塵因出版的《言筌集》扉頁就預告了人間文藝叢書第一種「飄貝零詩集」及第二種「沙禽詩集」，下面簡單預告：明年初（七十八年）陸續出版。

後來我求證沙禽，他說：

由於一些不可預期的事，出版計劃就擱置了。

一擱置就是三十四年。

蕉風月刊編輯當中，沙禽在馬華詩壇不但是常青樹，也是倍受肯定的五字輩詩人之一。

何棨良曾說過：「馬華詩壇前三名，是沙禽，沙禽，沙禽。」這種出語狂妄的判定以及語不驚人死不休的態度，曾為文壇驚起了不小的漣漪。

更有甚者，多年前臺灣的某個文學獎項，得獎人竟然一字不漏將沙禽的詩作抄襲徵文，換了名字而得獎，只是文友常為沙禽打抱不平，但當事人知道後平淡待之不予追究，當之奈何！

詩人在二〇一二年二月十七日送給我的詩集題字共勉：

在詩的生活中
寫生活的詩

是的，生活是點滴的詩意串聯起來，有意思。

二〇一三年一月二十四日莎阿南

封面故事　十四

李有成（李蒼），《時間》
（臺北書林出版有限公司，二〇〇六）

我來自被遺忘的荒漠
我來自那仙人掌的孤魂
我來自久候的孤星
我來自機器旋轉的吵雜聲中
誰給我鋪路？誰給我？時間
她曾經見證，我在風沙裡流浪

在午夜裡，我曾爬上教堂的鐘樓
聽鐘聲可曾沙啞？

——節錄自〈有一座碑〉，一九六七

蕉風編輯當中，有三位詩人相繼赴臺留學，他們是李有成、周清嘯及張錦忠。李有成比我們神州詩社的社友在七〇年代初還要早到臺灣留學，幾乎是和陳慧樺、林綠、王潤華及淡瑩同一時期。

這本詩集收錄的作品，從一九六六至一九七六年十年力作，以後有沒有繼續寫，詩人在序作了交待：「記憶中三十年前最後發表的一首詩是〈午夜讀葉慈〉，……那是一九七六年，此後我就專心往學術的路子走，打算以學術安身立命，詩只好退位，我也頗能認命，只當純粹的讀者，不再發表詩了。」

李有成的第一本詩集《鳥及其他》一九七〇年由學報出版，我遍尋此詩集沒有下文，心中懊惱。

二〇一二年七月拉曼大學主辦了「馬華現代詩國際研討會」，李有成應邀主題演講，我敬陪末座，聆聽詩人數十年的詩和學術長征，學者風範卻也白髮蒼蒼了，時間過去，時間也見證馬華文壇的變遷，留下的是短暫相聚被時間淘洗的溫情。

有趣的是，這本時間之詩卻和北馬小說家陳政欣小說集皆用上詩人陳瑞獻同一幅畫作當封面，開了時間相隔流失一個小小的玩笑。

李有成只交待七十六以不再發表詩作，也沒說明停筆。詩人有時候抽屜裡還有許多自己甚不滿意而未發表的作品，應該還有重見天日的一天吧！

二〇一三年一月二十七日八打靈

封面故事 十五

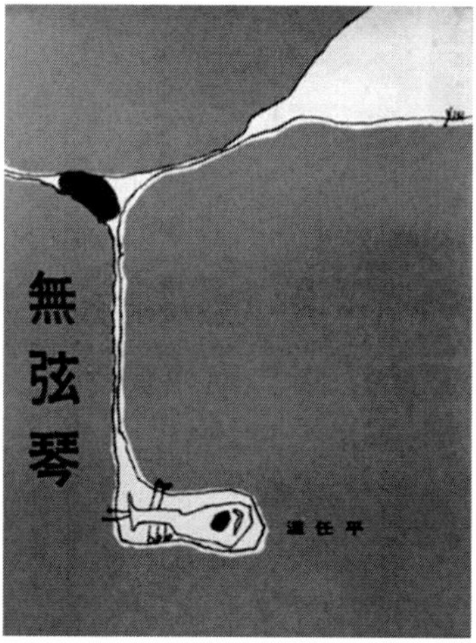

溫任平，《無弦琴》
（駱駝出版社，一九七〇）

沾邊灰塵的陳舊無弦琴
有一闋無聲的哀曲
破碎的回憶，姑娘的圓臉喲
少年郎誰不沉湎
聽！遠處「歸來吧」又再唱起
多麼深沈的喟息，抑鬱
呵，我的歌哀感而愁傷

我的心是那無弦琴

——〈無弦琴〉，一九六一

天狼星詩社社長溫任平，在我們美羅「七君子」於七〇年代初編「綠洲期刊」手抄本時，眾人就已讀著他的《無弦琴》，和臺灣的余光中、葉珊、洛夫、周夢蝶、瘂弦及敻虹等同樣受到我們愛戴與仰慕，同時也引領了初學者在起步時很大的啟蒙作用。

在寫實主義還是大行其道的的大馬文學天空，看到《無弦琴》的印刷出版，銳變的寫實中，帶來了驚喜的星光，從美羅的夜空劃過。口中總喜歡朗讀這樣的詩句：

呵！我的歌哀感而愁傷
我的心是那無弦琴

溫任平比美羅「七君子」年長十歲，接觸現代詩比我們更早，詩集寫成作品年份自一九六一年開始，最後一首寫於一九六九年元月。共四輯，每個輯首加插圖與詩開卷，在那個黑白的年代，已相當醒目和具有創意。

經流離及多次搬遷，原本珍藏的一些詩集最後也不知所蹤，《無弦琴》也不能幸免。

感謝雷似痴將封面拍攝電郵給我。

感謝《無弦琴》在過去沒有發出弦音的迴盪，陪我走過寂寞的黃泥風沙路，停下腳步時常常回想當初。

二〇一三年一月二十九日莎阿南

封面故事 十六

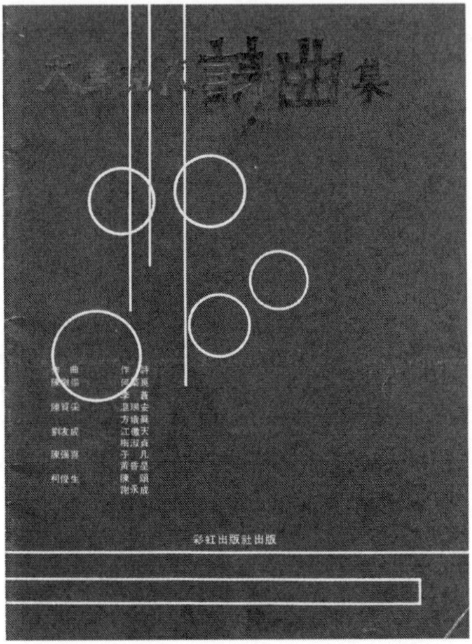

陳徽崇、鄭文民主編，《大馬現代詩曲集》（彩虹出版社，一九七九）
作曲：陳徽、陳質彩、劉友、陳強喜及柯俊生
作詩：何棨良、李蒼、溫瑞安、方娥真、江傲天、梅淑貞、子凡、黃昏星、陳頌及謝永成

早在一九七四年，臺灣的楊弦在臺北的音樂廳，和詩人余光中以民歌的現代詩結合，演出了一場現代詩與民歌同聲共唱的音色之美，除了民歌首首悠揚動人的歌曲，最令人動容的是余光中老師的即席詩歌朗誦，我們（神州諸子）有幸受邀出席，現場親歷其境，令人畢生難忘。

五年後的大馬文壇和聲樂界，由幕後的兩個推手和拓荒者，即音樂工作者陳徽崇和天狼星詩社長溫任平，合作一場大馬現代詩曲的演出，除發行卡帶，還出版特輯，由彩虹出版社發行。

特輯共收錄大馬十位詩人作品，編曲傳唱。

三十多年過去了，陳徽崇學長對音樂的堅持及孜孜不倦的為音樂藝術的長期貢獻，並不因他已亡故而中止，進而造就了許多音樂愛好者追隨，知音者眾。

他最令人動容是十多年前在星洲日報花蹤文學獎之夜指揮百人合唱花蹤之歌，場面聲勢浩大，歌聲高亢，餘音不止。

溫任平一生孜孜不倦在結社、文學創作及文學理論，文壇應給予他更多的肯定。

懷念陳徽崇學長，竟從這薄薄的綠色詩曲集寫起……

更令人懷念是他為溫任平的《流放是一種傷》譜成曲，一直傳唱。

吊詭的是，這位得獎無數的大馬二十四節令鼓之父，在死後才受國家肯定，頒發國家文化人物證書，令人遺憾。

二〇一三年一月三十一日八打靈

封面故事 十七

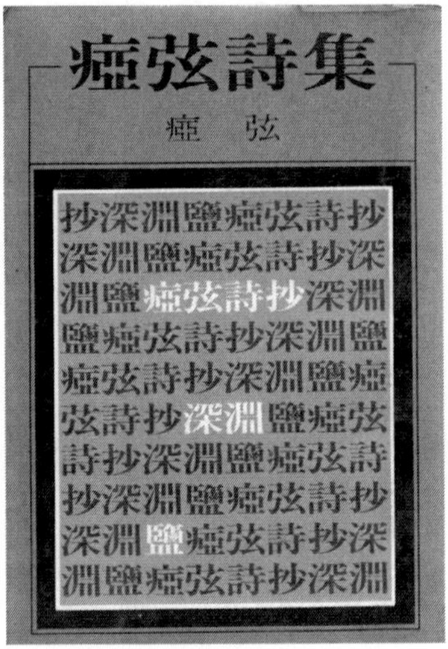

瘂弦，《瘂弦詩集》
（臺北洪範書店，一九八一）

落葉完成了最後的顫抖
秋花在湖沼的藍睛裡消失
七月的砧聲遠了
暖暖
雁子們也不在遼夐的秋空
寫牠們美麗的十四行了
暖暖

馬蹄留下踏殘的落花
在南國小小的山徑
歌人留下破碎的琴聲
在北方幽幽的寺院
秋天，秋天甚麼也沒留下
只留一個暖暖
只留下一個暖暖
一切便都留下了

——〈秋歌〉，一九五七

引用這首詩，真的不能節錄，只好整首以饗讀者。其實早在這本詩集之前，我還擁有更舊版小開本精裝《深淵》，還是搬家惹的禍，這本詩集又找不回來了。

讀瘂弦的詩最大的享受和樂趣是舒坦，在詩行的音樂性變調遊走，尤其是那首〈如歌的行板〉來了好多的「必要」，現當代的人們還常常掛在嘴邊順口說出，就是他那些名句：

溫柔之必要
肯定之必要
一點點酒和木樨花之必要
正正經經看一女子走過之必要
君非海明威此一起碼認識之必要

瘂弦的詩是獨特和學不來的，詩人的神來之筆，有時可能是窮其一生不懈創作，在其詩藝高峰期，就這樣留下多首傳世之作。

即使學不來，也只好向作者和讀者調侃一下：

做夢之必要
寫詩之必要
一點點方旗和余光中之必要
穿梭於夐虹和方娥真行雲流水之必要
君非瘂弦如歌的行板此一起碼認識之必要

二〇一三年二月二日莎阿南

封面故事 十八

溫任平，《流放是一種傷》
（天狼星詩社，臺北，一九七八）

日子從嘴巴吃了進去
又從她的肛門排了出來
有一頭胸前有毛的在她的肚皮上
畫一種說多抽象就有多抽象的畫
且喃喃如佛廟虔誠的善男
有一兩下緊捏頗像媽媽的寵疼

爸爸的影子是一株被踢下床去的被
他媽的男人才是水做的
濕漉漉的垂液就灘在乳溝裡
流成一條粘膩的運河
掃出一排加農砲之後
便入定成不吃人間煙火的和尚
遂想起某日某街頭傻得可笑的
那株焚身的檀香
和草紙抹出的那一團野狐禪
明日又得穿起長袖曳腰長裙曳地的傳統服
那一批剛開到的蟲豕戴上花串
換取一卷薄薄被議論著貶值的鈔票

我是越南玫瑰一朵
我的夢是夜夜都響的鞭炮

——〈越南玫瑰〉

這首在當時被詩人艾文形容「那是建築於醜的美」的詩，寫作不只體裁別具一格，文字充滿音樂性，朝諷現實生活的百態，在那個寫實主義和現代主義頻頻交戰的七〇年代，這樣的詩作俱備它的代表性和前瞻性。

從《無弦琴》到《流放是一種傷詩》，溫任平詩語言起了顯著變化，也在這本詩集中隱約看到流放的傷口，不斷擴散，《越南玫瑰》則是例外。

二〇一三年二月十四日莎阿南

封面故事 十九

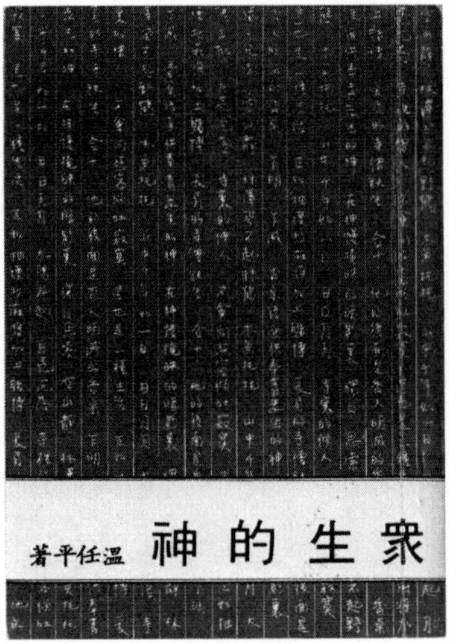

溫任平，《眾生的神》
（天狼星詩社，一九七九）

長眉的寺僧趺坐，合十
他的後面是香火明滅的香桌
乍明，乍滅
香桌後面供奉著眾生的神
在神幔掩映的暗影裡
獨自……思索

——節錄〈眾生的神〉

天狼星詩社的全盛時期從一九七四年至一九八一年，不論是個人著作，編撰選集或合集及論文集等，社長溫任平的著作頗為豐碩，帶動詩的動脈，除選集如《天狼星詩選》外，個人詩集也交出一時亮眼成績單，今日回顧，眾詩友除溫任平持續創作外，其他皆停留在熄火的炊煙裊裊之餘溫，是有心無力，還是詩已不是生命那血液一般的濃烈，繼續耕耘！

今時回索，三十四年前這些年少社友，而今四處落葉歸根，有者浪跡天涯，在浪漫之都，是否在午夜岑寂之境，回過神來，在眾神之中，眾生之外，猶如風的過客，只思回眸，不作整裝，繼續走不完的路！

二〇一三年三月九日莎阿南

封面故事 二十

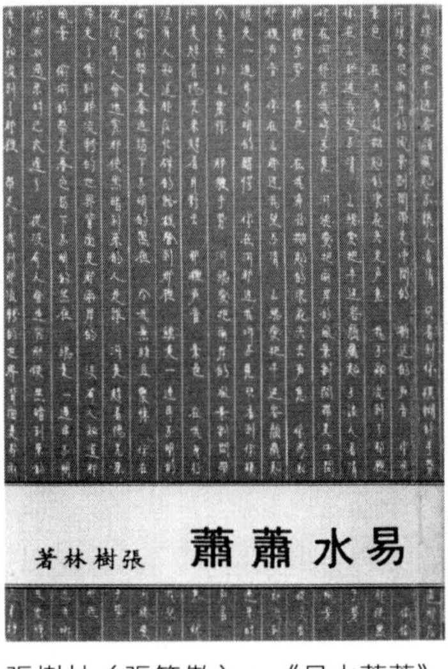

張樹林（張筆傲），《易水蕭蕭》
（天狼星詩社，一九七九）

出了港

我們同是
用水漂泊的
船
彼此用浪花輕輕相惜
用汽笛打個意義不一的招呼

然後用浪花在船尾淹沒笛聲
你忘了，我也忘了
曾經的相遇

——〈相遇〉，一九七八

這樣場景，近四十年前安順小碼頭的聚會，黑白的照片，還時刻烙印在腦海裡。

好像時刻用浪花輕聲相惜的時日漸行漸遠，也越來越近。人生無數的相遇，看來那次聚會的相遇，你忘記時，我在凌晨寫詩記起。

天狼星詩社寫詩的高手很多，溫任平、溫瑞安、方娥真、周清嘯、張樹林、藍啟元、雷似痴、程可欣、林秋月、林若隱、陳川興、游以漂、風客及陳鐘銘……等等。

如社長溫任平長期經營詩創作者為小宗，其他一一封筆走入歷史。當中尚有蠢蠢欲動者，但不會超過五人。我曾說過，有些詩人抽屜裡還遺留發黃的稿紙和一首首不想寄出去發表的詩，包括張樹林，他何止只限於一本薄薄的《易水蕭蕭》！

二〇一三年三月十日莎阿南

封面故事 二十一

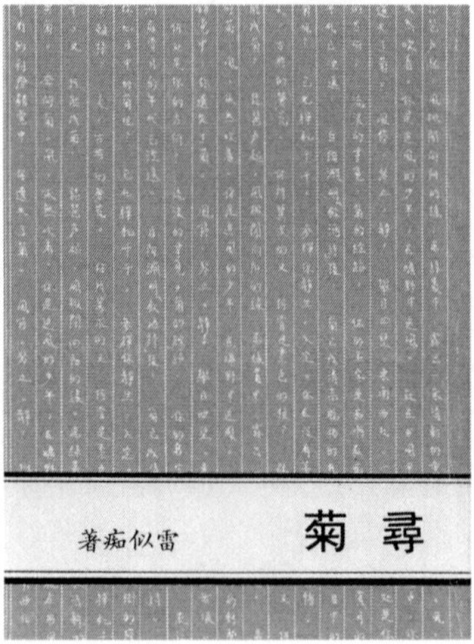

雷似痴（雷金進），《尋菊》
（天狼星詩社，一九八一）

在烈陽下戴個草笠
替鹹魚施手術
一堆堆難產的異族
在鹹魚肚裡蠕動著
你是未合格的醫生是劊子手
而你的凶器竟是一根牙簽

——〈鹹魚店的店員〉，一九七七

雷似痴是天狼星詩社創作風格較為突出的一員，詩境有禪機，語言利落，即使過了三十多年後再讀，風味猶存。

出版了這本詩集後，不再提筆，誠實可惜。有幾次聚會時問起他是否還有未發表的作品和未結集存稿，他含糊以對，看來此君深藏不露，好好再整理舊作和新稿，出版第二本詩集指日可待。

創作是持續文學生命力的泉源，停滯不前，是創作隱藏死穴，穴位一通，任督二脈全通。

我手邊的天狼星文萃系列只有四冊，統一封面設計，版本開本大小一致，以不同顏色區別作者書名，別具特色。

二〇一三年三月十一日莎阿南

封面故事二十二

藍啟元（畢元），《橡膠樹的話》（天狼星詩社，一九七九）

我忍受肚腹的皮肉之傷，我流血
白色的注滿
能解你饑渴我很歡愉
能給你溫情我很安慰
而我樂於付出
如果能預見更多笑靨
我樂於傾注

祈盼能常久廝守
在這國度，啊
你我的相依為命

——〈橡膠樹的話〉

美羅七君子當中，藍啟元的詩齡與我們「綠洲社」成員同步，一九七二年開始寫詩。

文學活動頻密的天狼星詩社早期，藍啟元和我們這班文友常穿梭於美羅溫家聽雨樓、振眉閣與「黃昏星大廈」間。

收錄在詩集裡的〈美猴王〉當時受眾人青睞，頌讀傳唱，朗朗上口。

而今在蒲種掌校多年的昔日詩人，諄諄教誨學子之際，將當年理想轉移春風化雨的教職，亦不忘舊情，一年一至兩次，和昔日好友，許友彬、張樹林、廖雁平及陳遠帆小聚，聊表憶往情懷，寫詩好像都是遙遠的江湖，風花雪月難再，獨撐一個鮮明的詩誌難再。

二〇一三年三月十一日莎阿南

封面故事二十三

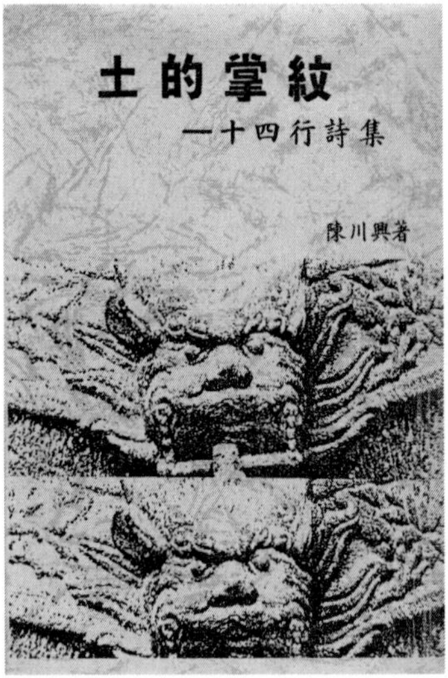

陳川興（沈穿心），《土的掌紋》（沈穿心，一九八六）

我心中有一座森林，繫扎在
金寶，一個拘謹的
小鎮，時常抱歉地
躺臥在
我的血液裡，歇腳在
你的靈魂裡，生命的樹
將左手交給我，右手

扶著你，走進
一個愛的樹，樹在
森林裡，聽：
羞怯的水在山間游走
一點也沒發覺
我家與你的
距離

——〈十四行詩（十）〉

從年少來到金寶，陳川興就從此長駐報社的記者數十年，他的四處採訪有沒有增加詩的內涵？肯定有，在潛移默化中，他寫了這首和金寶有關的十四行。

天狼星詩社眾詩友，陳川興表現亮眼，才情洋溢。他駕馭文字的功夫與詩的節奏感，突出而自然。

這兩本在一九八六年以內頁影印三百份，封面柯氏黑白印刷裝釘的詩集，不像當年天狼星文莘有規劃的出版，在那個年代，陳川興說：能自費出版已不容易。

我手上的兩本詩集，是雷似痴影印送給我，影印稿再次影印，正如歲月的穿梭，形影更為模糊了。

如此美妙的詩情就此沉寂下去，可惜。假以時日，謹慎篩選修飾，加些舊稿或新作，合成一本精選，應該讓喜歡閱讀的讀者看到另一片藍天，詩心有重見天日的一天。

不是嗎？連作者自己都沒留存一本，除非你不在乎曾經擁有那麼詩意的一段青春歲月，或者……。

二〇一三年三月十二日莎阿南

封面故事二十四

謝川成，《夜觀星象》
（天狼星詩社，一九八八）

夜在移動
河水開始不安的擺盪
守望的人疲憊的需要夢
只有星子們
還是那麼努力的閃著
每一閃爍就是一頁歷史
一閃即逝

似乎什麼不曾發生
又蘊藏著那麼多
那麼多驚呼和死亡

——節錄〈夜觀星象〉

天狼星詩社第二任社長謝川成（一九八六至八九年），現任教馬來亞大學，在任教師訓學院其間薪火相傳，推廣現代詩及馬華文學，受影響的學生謝雙發，投入寫作，也出版了一本詩集。

謝川成在其任內及往後做了一些階段性的任務，承接溫任平前社長的文學批評及天狼星詩社史料整理，在多個研討會中以詩社的研究發表學術論文。

他在一九八八年出版的這本詩集，是詩社在一九八九年解散前的個人創作蒐集的見証，有其歷史紀事的特別意義。

對夜觀星象者而言，宇宙光年，這些歷史長河閃爍過的文學事蹟，包括天狼星詩社和詩員，是否還在為過去相聚留下的詩句而驚呼，而感嘆，又再被記起！

二〇一三年三月十三日莎阿南

封面故事二十五

謝雙發，《江山改》
（天狼星詩社，一九八九）

我的前生是風，來去無蹤
我的來世是雲，只懂得哭泣
樹林與我相依
大地與我同眠
今生今世
我要把自己變成一顆舍利子
築一座永恆的家，在神壇上

——〈自焚〉

我的靈魂就歸來
且不再超生

這是天狼星詩社在一九八九年解散前，最後一位社員以天狼星文庫旗下出版的最後一本個人詩集。當然像後來還繼續創作的社友如游以飄（游俊豪）等，即便是出版詩集，也是自費或以其他出版社合作付梓詩集面世，終結了以天狼星出版社、天狼星文萃、天狼星文庫名目出版個人專集的世代。

在我介紹天狼星詩社社員詩集中，手上就是缺了川草的〈晨之誕生〉，其餘的皆為合集、散文集及評論集，詩集還是集大成，也較可觀。

當然，最為可觀就是張樹林主編的《大馬新鋭詩選》及天狼星詩社編選的《天狼星詩選》。

二〇一三年三月十四日莎阿南

封面故事二十六

方娥真，《重樓飛雪》（源成出版社，一九七七）
方娥真，《日子正當少女》（長河出版社，一九七八）

黃昏時最好看的方向是落日的天邊。那夕陽帶著滅亡前的雲彩，趕赴豪華的宴會。我最留神這時的景致，它一幅幅的交替著，像風格多變的圖案。看著每一朵彩霞，如一個又一個消失的鏡頭，短促且無奈。有時天像大海，一片片魚鱗般的波浪湧到山頭，夕陽的晚霞活生生飛躍起，像一頭金色的龍，猖狂地準備興風起浪。看了一回，金龍又變成獅頭銅門，海浪也靜了。各種雲朵面目猙獰，那最後的晚餐也散了席。

——節錄〈歸人〉

方娥真的散文是行雲流水，每篇都有個啟動人心故事，女孩的心思細膩，寫作的鋪設更顯多元。

其實我更想介紹方娥真的詩集《娥眉賦》，奈何當時沒有把詩集帶回來，對愛書人確實留下小小的遺憾。

之前提到「大馬詩選」四位女詩人，方娥真在詩和散文的質量俱佳，在臺北短短前後不到兩年，就出版了兩本散文集。

婉約清新，意境深邃，二十多歲即在詩文創造了獨特的風格，在臺馬文壇勇闖春秋，奈何命途多舛，一九八〇年九月二十六日那場白色恐怖，折騰了詩心，離散了溫情，飄落到香江，隱居於都會，很久沒有看到她的詩作，而今書寫都市的五花八門，文學的另一番記述與天地。

上個世紀七〇年代享有詩名的方娥真，跨越兩個世紀的時空，而今重溫她的詩作，不但耐讀，意境深潛，而且回味無窮：

歌和泣都有點枉然
若說瓊樓玉宇
也是燙金的字跡留下了千古
若說氣吞山河
也是山水之畫添上感情的遺筆
若說萬家燈火

也是物是人非的人物
若說英雄風發
也是任人憑弔或唾棄的墓碑

——節錄〈上樓〉

懷念剛剛踏上臺灣那片土地的七〇年代中末的日子，聚會，奔走於各出版社出版她的詩文集。

二〇一三年一月十六日莎阿南

封面故事二十七

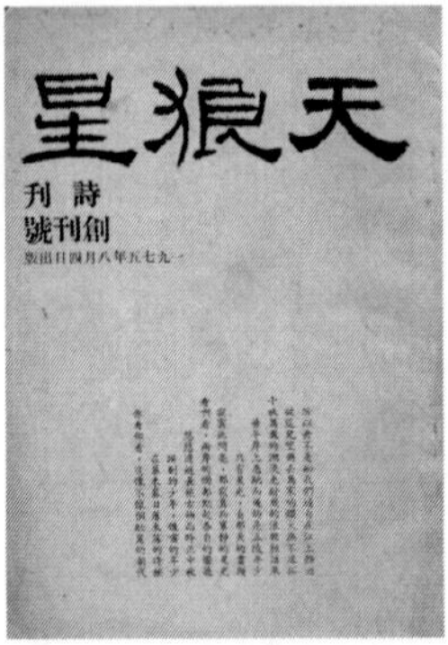

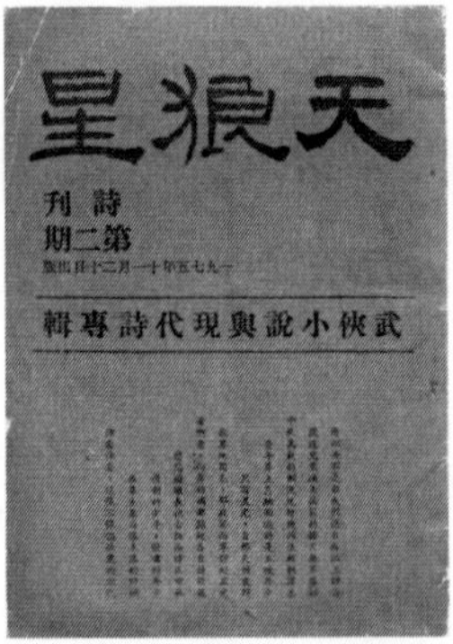

主編：溫瑞安、周清嘯、黃昏星、廖雁平，《天狼星詩刊》第一至第四期
（臺北：天狼星詩社，一九七五至一九七六）

當手抄本的《綠洲期刊》借閱功能受限，一九七四年我們抵臺後，慢慢與臺灣詩友互動，鉛字製版印刷詩刊成本對這群窮學生雖偏高，但卻變得可能和可為。

於是在大夥兒抵臺後的翌年，籌措小筆資金，天狼星創刊號就以白色封面在臺北編輯部羅斯福路三段一四〇巷十四弄三十號四樓的第一個寫作現場面世，我們在印刷廠第一時間取得創刊號，喜悅和亢奮難以言表。

我們輪流編撰、約稿，臺灣詩友投稿支持，大馬天狼星社員也熱烈響應，當年出現在詩刊的名字，現在還有許多詩人陸續創作：溫任平、林煥彰、渡也（陳啟佑）、向陽（林淇瀁）、苦苓、吳啟銘、詹澈、游喚、施至隆、施善繼、陳瘦桐、張瑞星等比比皆是，臺馬兩地的天狼星詩友亦頻頻在詩刊上發表作品，蕉風資深編輯白垚也在創刊號投了一首「徘句」以示支持。

天狼星詩刊在臺灣出版了四期，每隔三個月出版一次，周清嘯主編第二期時還開闢「武俠小說與現代詩」專輯，至第四期地址已遷至人氣最旺第二寫作現場：

羅斯福路五段九十七巷九號四樓。

二〇一三年三月二〇日莎阿南

封面故事 二十八

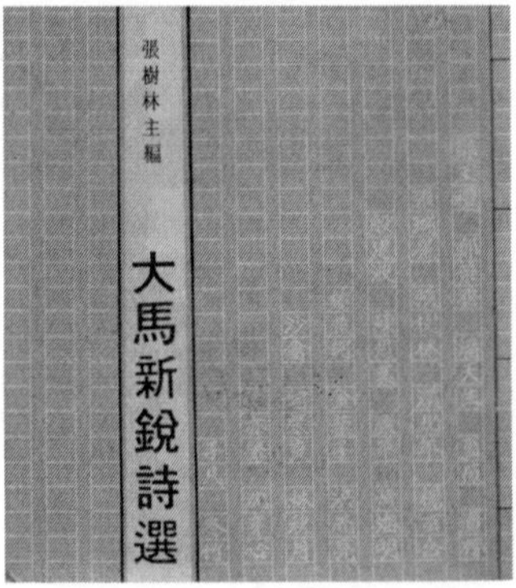

張樹林主編，《大馬新鋭詩選》（天狼星詩社，一九七八年）

在一九七四年《大馬詩選》出版相隔四年之後，同樣列入天狼星叢書的《大馬新鋭詩選》，收入二十三家新人作品，所謂「新鋭」，主編張樹林在編後語寫道：「新鋭二字，不能以年齡的長幼來作準則，而係指後起而具有潛力的創作者。」

我們不會阻止十八歲的新秀寫詩，只要他寫得出色。

收錄在詩選最年輕的詩人林秋月，當年才十八歲，讓我們來看看這位在天狼星詩社繼方娥真之後最有潛質的年少女詩人在一九七五年僅十五歲的詩人如何寫下一帖優美而耐讀的詩：

夜是一幅塗黑的畫
掛在牆上
掛在林立的屋頂上
掛在
你的眼睛
⋯⋯
這是一幅夜的圖案
夜的窗外
是一所鐵門
你是否在窗外
窗內，是我
在等你
你在窗外，夜的
門外

——〈窗外還有門〉，一九七五

在二十三家詩人中，先後主編蕉風月刊的沙禽及張錦忠（張瑞星）及已故詩人游川（子凡）的作品也收錄在詩選裡。

二〇一三年三月十八日莎阿南

封面故事二十九

天狼星詩社主編，《天狼星詩選》（天狼星詩社，一九七九）

收錄在這本選集的天狼星詩社同仁共三十七家作品，分成平裝及精裝在臺北印行，我手上僅存一本精裝本。

錯置的歷史常常和詩人開玩笑，我們這批最早於一九七三年天狼星詩社成立就參與其盛的社員溫瑞安、方娥真、廖雁平、周清嘯和我在一九七四年赴臺，後因殷乘風不告而別抵臺而和在馬的天狼星詩社鬧分裂，一九七六年籌組神州詩社，六人因而在這本詩選缺席。

三十七家詩人中，目前只看到溫任平、陳強華陸續在寫，謝川成出版了《夜觀星象》後，重心轉向評論，論述天狼星詩社史蹟甚豐。陳強華始終如一，今年又要出版詩集，溫任平後期寫作呈多元面向，詩始終不是他的唯一。

當中社友洪而亮（洪錦坤），也是在七〇年代與我同時赴臺，這本詩選是他在臺期間奔走付梓面世，算是幕後的功臣了。

另一詩人楊劍寒（黃英俊）多年前在大山腳與他及田祥小聚，言談間似水流年的暗喻，詩心看似不減，可能是有心無力。我們相談甚歡，好像對生活及宿命的種種波折早已頓悟看破，回顧年少的他寫下的詩句：

雨落長窗，煙霧走進冷冷的玻璃
炭火零星，黑暗正掩向濕房
故舊的風燈
已在簷間長掛不起

也許真的是宿命，在詩人心頭長掛不起的是一直想寫又寫不完整的零星詩章，很可能也是他心中唯一的遺憾。

二〇一三年三月十九日莎阿南

封面故事三十

《神州詩刊》
（臺北：神州詩社，一九七六年）

這是一本絕裂的詩刊，見證了原天狼星詩社在臺成員因殷乘風高中未畢業毅然赴臺種下火苗，事態演變後一發不可收拾，造成在臺天狼星詩社要員與大馬天狼星詩社水火不容，在臺成員另起爐灶，神州詩刊是神州詩社成立後第一期，但為詩友讀者感覺和天狼星詩刊第四期的延續性，故名神州詩刊第五期，出版日期剛好是臺灣的雙十慶典。

是歷史的必然，還是偶然，抑或是時空錯置，歷史的事蹟和人事作出這樣的安排、決鬥，對當事人的我們來說，回顧和追憶，在心深處，想擱置在遙遠的銀河，卻依然近在眼前。

這一期的特輯是《詩刊論詩刊》——集體評草根。

草根詩社還在，神州詩刊早已名存實亡。

封面是黑色和旗幟飄揚的白色。

二〇一三年四月二日莎阿南

封面故事三十一

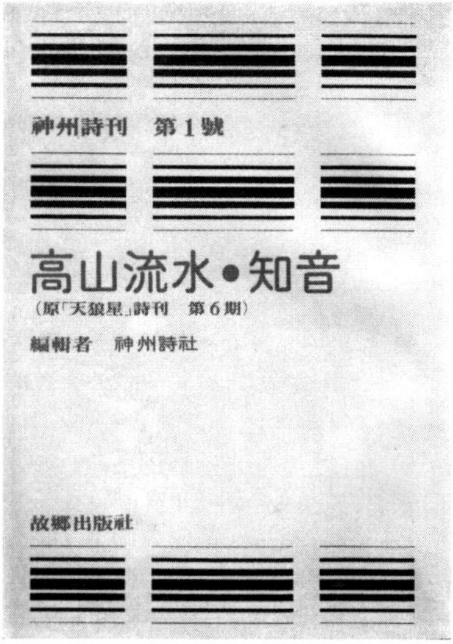

《高山流水•知音》，神州詩刊第一號
（原《天狼星詩刊》第六期）
（故鄉出版社，一九七七）

嚴格來說，《天狼星詩刊》在臺北印行了四期之後，當時為了讓讀者感受到延續性和脈絡，《神州詩刊》創刊號標明天狼星詩刊第五期，到了一九七七年由故鄉出版社印行的神州詩刊《高山流水・知音》，書名底下也括弧標明是天狼星詩刊第六期，上端則標明神州詩刊第一號，若論編撰形式，則此詩刊更像同仁詩集。神州創社六人溫瑞安、方娥真、黃昏星、周清嘯、廖雁平及殷乘風六人的詩作篇幅就佔了詩刊二百七十九頁當中的二百四十七頁，總比例近九成。餘下一成的三十二頁則是詩社新人作品和個人投稿，在形式上更像六人的詩選合集。

神州詩社在一九七六年至一九七八年的黃金時代，個人創作、出版詩刊、選集和個人詩文集頗豐碩，這個所在地也是目前在臺北尚在的羅斯福路五段九十七巷七號之三（四樓）神州詩社的寫作現場。

近來臺北友人陸之駿從臺北傳了一則網路拍賣訊息。

一九七七年臺北故鄉出版社印行的神州詩刊第一號《高山流水・知音》在網站拍賣，要價新臺幣壹仟伍百圓（折滙馬幣壹百陸拾圓），拍賣的是再版綠色封面另一個版本，我僅存的是白色封面初版。

現在流行電子詩刊，流通甚廣。

還是紙質的詩刊好，不然相隔了三十六年後，這本詩刊在世面上還成了高價的拍賣品！

昔日故鄉出版社的兩位舵手林秉欽（印尼僑生）、許長仁和神州詩社同仁萬萬想不到大家攜手促成誕生的詩刊，當年在各大學校園大力推廣，初版售罄後又再版成綠色的封面流傳。

愛書人珍藏了眾詩人昔日的詩魂，而今又在網路上拋頭露面。

也讓我緬懷昔日惜才的出版家，後來還是仙人掌雜誌的兩位發起人。

三十五年後我和許長仁在臺北的新店星夜相見，林秉欽卻了無音訊。

有誰知道他身在何處？

二〇一四年二月一日莎阿南

卷六

臉書手語

二〇一二年

六月六日：詩人節感懷

臉書日記像一潭活水泉源，擴大天南地北的視野，把我帶入浩瀚的網路世界。

六月六日：國際詩人節

學會臉書要特別感謝臺灣的林怡君老師，她替我架設相片與資料，我則慢慢摸索，兩個月內，深感網路千奇百怪，善用則美，反之將帶來煩憂。期間在我的網誌貼上三十五年至三十七年前少作，以饗知音。也感謝林怡君老師教導，讓我在另一世界遊走人間，並短詩「衝刺」相贈：

苦難的女兒
不見狂歡
在聖誕樹下
如臨薄冰，如臨深淵
但有熱血，探視走來
光環加身

六月十三日：熱流薰風

近來，和文友談到讀書創作，感慨萬千：

很多人不知道，當我們最忙碌的時候，還努力擠壓出時間讀書創作，這努力的結果就如雷似痴老第所言叫才情。少壯不努力，老大徒傷悲。我在少壯的時間投入天狼星詩社和神州詩社而廢寢忘食，無怨無悔，卻荒廢讀書創作，而今居安思危，一生努力不懈的，還不是文字功夫。宗舜與似痴、維德康城共勉之。

六月十五日：陷害下崩裂消失

散文集在臺出版，菊凡兄閱後，寫了感言，我也悲歡回應：

宗舜：讀完你的《烏托邦幻滅王國》真的感慨不盡。而且，時不時會被你對神州社熱情的敘述文字感動得滴下眼淚來。過去，我對神州社一無所知，從你的這本文集才了解了大概，原來發生了那麼重大的震盪。過去你曾經死心塌地擁護的文學社，竟在被誤解、被陷害下崩裂消失，不禁叫人噓唏啊！

菊凡兄：這本散文集記載著年少輕狂及滿腔熱血，也有悲歡和喜悅，更有文學的大氣陪伴一生。我們曾經輝煌過的神州詩社，總的來說對個人成長是好的，但代價太大，此時只共美好的回憶，寃獄未雪，悵然成詩，黃昏星已死，宗舜再生。宗舜

七月十七日：燒芭煙火

在適耕莊潮州會館赴台升學說明會後，大夥兒用完海鮮大餐，打包兩種令人難忘的花枝和蝦膏回家人共慶父親節，其樂融融。

適耕莊這地方名字命得好，適合耕種的田莊，一望無垠收割後的稻田，此刻燒芭，一片煙熏火燎，從眼前飄忽而過，

七月十九日：回到現場

眾詩友在加油站前的「黃昏星大廈」拍照，只是陳舊的建築已折除。三十多年前那座「黃昏星大廈」也不過像這樣的老屋，依附在新的建築樓房間。Shell加油站後面古舊建築現已析除充當機械倉庫，它隔鄰這間在美羅大街僅存的百年老屋，唯有權充當年的寫作現場了，同時把詩人方路、陳雪風及陳偉哲攝入歷史的短暫留影。

七月十九日：相約金寶

和羅羅、陳雪風、方路及陳偉哲上午驅車北上金寶出席詩人節傳詩「詩牆」評審及點評，途經美羅，在我的母校中華國民型中學短暫逗留合影，一起見証美羅七君子及綠洲社草創事跡。

七月三十日：古堡遺物

那是二〇一一年年底，臺灣插畫家李男兄嫂來馬，我和雁平及張觀嬌陪同到霹靂州的荒廢古堡一遊，這裡除古堡外，尚有許多廢棄的礦湖及採錫的金山溝。

一片礦產廢墟，起伏的沙地，當撩動的歌聲遠去，此時緬懷依稀。

九月一日：祖孫留臺

那是以乘搭四川大油輪赴臺就學的四、五〇年代，就讀師大的余開雲學長喜愛攝影，課餘擔任攝記。

他拍了許多彌足珍貴的那個年代的黑白照片，八月中旬趁東海岸直涼赴臺升學輔導說明會時，學長特地從舊照中從溫舊事。

這幀照片是所有舊照中唯一的與後來成為臺灣總統的已故蔣經國先生的合照。

余家第一代留臺，第三代孫女也赴臺就讀。

九月六日：風雨不改

十年風雨不改的早餐朋友，每天早晨一起用餐，談世事、文學和文學之外，漸成佳釀的醇香。

地點：八打靈留臺聯總附近，美嘉園餐餐樂茶餐室。

端茶緬甸工友餐室外叫喊
以走音的高分貝廣東話
白咖啡，鴛鴦羅蒂，六分生熟蛋
沖泡高手的潮州同鄉後面應和
不久，我們就在閱讀的時事中
享受著一套醇香的早餐
老闆娘上海的廣東話

像鴨子荒腔走板
把我們捲入鄉愁的體溫中

九月七日：生日感言

每天都是生日，只是九月七日這天最特別，母親受難，我來人間慶生，因此珍惜每一刻，更熱愛家人，身邊及遠方好友，以及和我在這片土地上成長的每一個人。

這算是即將在四天後到來的生日感言吧！生逢時，亦生在資訊亂象中。

九月八日：回憶過去

重溫我們的過去，在台北的出版品，有天狼星詩刊、神州詩刊、神州文集、青年中國雜誌。

因此寫了一首短詩，叫回憶：

有些回憶是風
有些回憶是雨

有些回憶像風箏
一不留意就折了雙翅

九月九日：外面有雨

四十年前的一九七二年九月二十六日，我以孤鴻的筆名，在當時由李子平主編的新明日報文藝副刊〈青園〉出現的生澀少作，發黃和有皺紋留存剪報「那一天」。

九月十日：記憶以外

翻看舊作，找到其中兩首碩果僅存刊於新明日報文藝副刊〈青園〉少作，以黃昏星筆名發表的剪報〈如是二月〉及〈記憶之外〉。

刊登日期：一九七二年十月二十五日，距今四十年，一切如詩，記憶之外。

九月十日：冊頁留言

一九七四年赴臺前，社友關永銳在紀念冊上留言：

你的創作
就是你的歌聲與回音

就是你的人啊！

重看留言，百感交集，還有多少往昔歌聲和遙遠的回音呢？

九月十一日：深夜療傷

這是一九七四年十月二十八日臨赴臺前，溫任平兄在紀念冊上的留言：

黃昏的燦爛是你
星的光亮也是你

三十八年後，這冊子從美羅到臺北，又從臺北帶回來馬來西亞，見證了我的遷徙及往昔，也恍若昨日。就以九一一恐怖襲擊十一週年這一天寫成的詩《昨日》來回應吧！

漏網之魚奔游向海
脫落的鱗體深夜療傷
沒有陽光的海水不藍
只有魚歌逆流清唱

在高山的峰頂迎接第一道
迷人的曙光
如果昨日狂歡可以影印
那四十年的舊物可否翻新
雲端消散，風情走來
停駐在肺腑的老歌迴盪
能否用更快的轉速翻唱
連夢鄉的腳步都有些猶豫了
在走向陳年的，舒坦的
感覺美好的羊腸小道上

十月十二日：楓葉藏書

十年前遊石門水庫，拾得楓葉，返家夾在書頁中，不棄不離，才有這樣的詩意：

用十年摺疊在厚重
新詩三百首的魂牽夢縈

記憶風采中劃線的眉眼
帶勁尾隨著時光起飛
有些詩句攪拌在生澀桌燈上
光和影，苦讀架上曾經
深夜流傳於江河
每本選集的嘔心瀝血
此時窗外寧靜如楓葉
撫平了它的皺紋斑點
換來一首雲淡風輕
逐步從書頁中走出來的詩

九月十三日：易地搬遷

一九八一年我和周清嘯回馬後，幾年下來分別搬了多處住所，但都共住一起。

清嘯是我的患難之交，投稿蕉風月刊都登在同一版位上。出書也是合集，詩合集《兩岸燈火》及散文合集《歲月是憂歡的臉》在臺灣出版，第一次領版權費興奮不已。

奈何最後一本三人詩合集《風依然狂烈》在二〇一一年面世時，卻成為周清嘯的仰望與紀念，他的離去使人悵然若失啊！

九月十三日：遠離火

秘書處對面銀行馬來女職員常常微笑說：

jauh dimata
dekat dihati
當一切遠離火的視線
心中燃起的思念更深邃
遠離火，如同遠離母體的蜂窩

銀行辦理存款及提領支票簿，進進出出的來往帳戶由銀行代辦，女職員嘴角的微笑，在眼前，停留在存摺間。

九月十四日：生活碎片

一九八一年自臺返馬，正式以李宗舜筆名發表詩作，做點小生意，最後失敗告終。

此時以生活碎片入詩，是的：

當生活碎片串聯成詩篇
世界從冷暖自知變形成語句
詩人鬧市尋知音
知音在夜深人靜時
回首前程，黯然燈下
長影飄忽，有如璀璨的
昨日

九月十八日：曠達旅程

在吉隆坡國際機場等華航班機起飛，赴臺演講，同時與僑大先修部，其他大學新生一起抵臺報到。

捕捉一程繆斯的曠達旅程，那裡風雲有約。

九月二十日：多才多藝

周清嘯除了擅長寫詩和散文，任職通報《文風》編輯時也寫專欄，後來又和娛樂圈打交道，寫歌詞。

二〇〇五年八月二十五日與友好聚餐，當時興起高歌一曲「榕樹下」，歌沒唱完，忽感不適，送院心臟病身亡。

他不告而別，詩人的天空烏雲密布。

我手邊有一些他的剪報，還有一些未發表的歌，至於未發表的詩，皆收錄在詩合集《風依然狂烈》中。

也唯有以出版詩集的溫度悵然向好友告別。

十月一日：深坑臭豆腐

九月二十一日與雪隆留臺同學會會長洪進興學長受東南科技大學教務長及師長熱情招待午餐，同時到深坑歷史老街享受聞名遐邇的臭豆腐，嘆為觀止。

李小龍在此取景拍武打片，嘶啞的拳風令人喪膽，深坑遠近馳名。

十月二日：故人相逢

這個晴朗的下午，九月二十一日，我終於在深坑初逢那三十六年別後未曾見過面的政大中文系乙班香港僑生馮藝超。

他在政大教書，在臺落地生根。興趣廣泛，指南山下另築一個異鄉的家。

十月三日：酒逢知己

老朋友，三十七年了，當年的仙人掌舵手許長仁，促成出版《高山流水•知音》、《風起長城遠》等詩文集，二十一日晚上臨近中秋之夜，我們在新店首次相聚，並由孫金君建議在兩位詩人好友龍青及黑俠的七號咖啡館聚餐，還有陳正毅陪伴，酒逢知己。

三十七年後重逢，往事如煙，我們吟詩，酒酣耳熱，只有歷史，濃烈的回憶。

十月四日：街道迎風

老朋友如五十八度陳年金門高粱，香醇保溫，每到臺北，雖各自忙碌，卻一定抽空相約。

九月二十二日一眾老友在臺大鹿鳴宴餐廳用餐，短暫相聚，有講不完的話題。餐後步出臺大椰林大道往車站方向，街道迎風，秋高氣爽。

珍重再見，期待的是下次風雨的相會。

十四六日：沒有遺憾

此行最大的心願終於實現，我在孫金君的細心安排下，促成我多年思念和再訪詩人周夢蝶的夙願。

這一天，九月二十二日中午，在新店，我從電梯上到六樓，打開門，老詩人以一身清瘦的風霜迎接我，我沉寂好久，才回過神來。

詩人提筆在書頁題字，落款簽名，午時吹過的涼風，是我此時的溫情。

十月十六日：書寫記憶

回應陳強華：所有遺忘的書寫，構成一個人無法遺忘的記憶：

書寫記憶有模糊地帶
有如撕碎自己的肉體
一張一合的攤開血脈

十月十八日：生命線

魔鬼詩人陳強華生辰，沒有祝語，內心深深勉勵：

叮嚀回家的生命線
在掌中迂迴寫下真言
生命沒有魔掌，咒語消逝
寂寞掌聲跨越青澀年華
當你鼓起風的記憶
生與死不就是黑白兩個字

十月二十三日：如果

不管時光能否倒流，我還是熱愛著生命，為每一天波浪起伏而活。

如果沒有雨季
陽傘不會隱藏
如果沒有狂風
高樹不會折斷
如果沒有禱告
天色不會變幻
如果沒有長線

風箏不會飛高
如果沒有止血
傷口不會痊癒
如果沒有生機
我會選擇逃亡

十月二十八日：海港風車

十月二十三日初抵桃園，與詩人劉正偉短暫相聚，赴桃園海港仰望宏偉的二十樓高發電風車，狂風吹擊，飛沙走石。

傍晚赴竹圍海港觀潮望海，漁船黃昏入港，後往海鮮市場品嚐黃金蛋魚丸湯，鮮味撲鼻，大快朵頤。

十月三十日：湖光山色

十月二十四日，重遊日月潭，湖光山色，秋風明媚，盡收眼底。有舞榭的高歌起舞，排灣族街頭藝人高吭情歌，跟隨歌謠起舞。

感謝環球科技大學幼保系幼兒園韋明淑園長全程陪伴，一路帶動風采。這一天，我們有個不一樣的日月潭。

十一月一日：不肯妥協

文壇常青樹，潮州怒漢，老兵凋零，陳雪風豎起他的文學旗幟，鮮明，執著也不肯妥協，永遠對當下的事端有話要說。

很多人不同意他的文學觀點，包括我，我喜歡和陳老抬槓，但對這位一輩子堅持理念的他心存敬仰，我喜歡他待人的真誠。

他常常抱怨，文壇虧欠了他。

而今，他卻不告而別。

昨晚我接到錦宗兄傳來噩耗的電話，在十月最後一天的雨中，在行駛往灰蒙蒙的赴約中。

十月多災多難，哭泣的十月。

這一夜，陳老的巨影在我的視線內揮之不去。

思念故人，不只是熱淚，是知音難尋，還是這股來勢洶湧的狂浪把詩人從邊緣上將他揮拳打倒。

十一月十二日：凝神專注

那個中午，窗明几淨。

周公凝神專注，思索片刻，莊重下筆，每一字都費盡心思和體力，最後在書上寫著「黃昏星雅正」和落款。

我敬陪末座，對他筆下的每個字都懷抱憐惜之心。周夢蝶，上個世紀在臺北市武昌街騎樓下鬻書自活的詩人，詩和生活都令人景仰，並為之喝采。

十一月十五日：告別儀式

馬華作家文友，十一月三日（六）晚上齊聚吉隆坡蕉賴路孝恩堂八號館，為已故陳雪風進行告別儀式，首先由主持人林玉蓉朗誦懷念詩作〈沒有預約的風雪〉開始，場面莊嚴，傷感及緬懷。

喪至乎哀而止。

隨後曾翎龍、李宗舜、呂育陶宣讀發表在中國報紀念文字，愛薇、許友彬、何啟良追憶好友過往，最後進行簡單的遺作〈人民需要馬華文學〉推介儀式。

十一月十七日：地誌書寫

昨天寫家鄉地誌美羅感懷，今天完成了金寶和怡保，真是暢快，生命如逆水行舟，不進則退，有限的時間不能揮霍，詩潮湧現時要即時把握。

往後計劃寫安順、莎阿南、沙白安南、巴生及神州時代的臺北等等，這些都不會貼上臉書，留待發表。

十一月十九日：堅持不懈

昨天（十八日）提到：星洲日報文藝春秋副刊兩版陳雪風紀念專輯「傲雪迎風，不甘寂寞的身影」，有李錦宗、辛金順、方路、何啟良和我的詩文憶往和感懷，悼念文壇長青樹陳雪風一路走來的點滴。

附文登了一張今年六月大夥赴金寶途經美羅中華國民型中學及黃昏星大廈合照，當時我若沒有堅持轉進美羅看看我的中學母校和寫作現場，順道在品珍酒樓買雞仔餅送給大家品嚐，就沒有那張相片留存下來。

堅持，尤其是文學，走下去必留影留痕。

現在再將發表在中國報的紀念文字及星洲日報文藝春秋的兩首詩，以及六月赴全寶途經美羅唯一的幾幀相片，當作對已故陳老永遠的懷念。

十一月二十八日：拔牙有感

三天內拔掉三顆大牙，心生恐懼，年近六十，不得認老，首先是牙齒不聽話，一一掉落如投江，痲痹針打下去，瞬間又一顆牙齒不見了。

從此上下義齒相依為命，咀嚼人生，也咀嚼許多現實的不如意。

我全身都是真的，尤其肥肉，可上下兩排牙齒是假的。

還是寫詩好，與繆斯為伍，管他真牙假牙！噢，竟然有人以假牙署名寫詩，練習簿，和我拔牙的經歷一樣，非常後現代。

十一月二十日：世紀風雨

陳雪風從上個世紀的三十年代一路走來，風風雨雨，心狂熱，文學徹底的把他造就成路見不平的怒漢，游走於詩，雜文及評論間。

十月三十一日上午十點，他安祥平靜的坐在椅子上往生。

十一月三日（六）作協為主辦追思會，讓作家瞻仰陳老最後遺容。

十一月二十二日：冬至頒獎

二〇一二年十二月二十一日末日沒有到來，這一天晚上，來自全馬各地的得獎者，趕在傾盆大雨之夜出席留臺聯總的第十二屆兒童小說創作獎頒獎禮。

這樣特別的晚上，如此溫馨的頒獎禮，令人難忘的風雨之夜，共同慶祝冬至佳節，一齊吃著湯圓，分享喜悅。

十二月五日：寫給陸之駿

七年臺北以為有根，最後是連根拔起。三十多年來，半島是我的深根，莎阿南（Shah Alan）才是寫詩的家鄉？後現代使人彷徨無根，對家國失去仰望，天底下的黃土，何處長出離散的根？

十二月八日：懷念渡也

年少文學情景真實又有些遙遠，緬懷過往，當下其實也最可依憑，吾兄詩學成就，足令弟仰望，八〇年代神州詩社解散後，一度因突來打擊及心境低落，回馬重拾信念，荒廢多時，此刻直覺沒有江郎才盡，每日一詩，聊以自賞。

過了半白，一切平談度之，心靈上走到另一山脈，孤寂，有所悟。

這一切得來不易，許多人心嚮往之，殊不知，我們作出多少努力，背後，卻鮮少有人看到。

這是看了大作的感懷，你我都有一段年少不留白的文學天地，當會更加珍惜。

十二月三十日：不夠努力

許多人在聖誕狂歡和迎接新的一年，諸多感懷，紛紛長篇回顧。

我的回顧很簡單，只有四個字：

不夠努力。

至於對新的一年的期許，也是四個字：迎頭趕上。

祝願天下人在這一整年安康喜樂，世界和平，蛇年旺盛。

十二月三十一日：冷笑話

二〇一二年結束前最後一個冷笑話，我和遠方的朋友在電話中提到，近日家中房間漏水忙裝修當勞工，朋友哦了一聲說：「當老公？」，我無可奈何的回他一句，我當人家老公幾十年，還「當老公」！

二〇一三年

一月一日：璀璨煙花

倒數和煙花，璀璨和沈寂。

我如常在清晨醒來，小室燈明，室外禱告聲和一陣一陣的車聲交錯。

這一天，二〇一三年一月一日凌晨五點半，我如常的聽到家中上鏈的舊鐘，嘀嘀咕咕催促著時間的走動，

不曾停擺的等待。

也許會讓一些喜歡在臉書閱讀我的詩作的朋友失望，從今天開始，我將暫時不會把拙作貼在網上。

但將更加努力創作，讀書和休息。

沉澱和再出發，心境如藍天。我的文學生命將持續至呼吸到最後一口新鮮空氣。

感謝五花八門的網絡世界，善用它，個人成長無限。我也要感謝這八個月來舊雨新知對我的期許，這八個月來，我找到了三十多年失散的朋友。

我又在失散後飽滿和他們短暫相聚。

一月六日：年年有餘

昨日朋友送來一條深海鸚鵡魚。

此魚頭大，貌似鸚鵡。

據告之，鸚鵡魚生長在珊瑚區附近，長期活動於珊瑚與海藻間，肉實甜美，為香港人所偏愛。

年關將近，我這小家庭頓時豐盛起來。

祝願舊雨新知農曆癸巳蛇年，年年有餘（魚），順心順意。

二月九日：除夕感言

昨日與今天，除夕後過新年，迎來癸巳蛇年，套用臺灣朋友的一句：「蛇麼真如意」。

除夕前短暫告別忙碌的秘書處工作：二月二十日五十名赴臺就讀春季班同學的代辦手續，二月二十七日一五〇名海青班及二十八日五十名海青班赴臺同學機票簽證全敲定，當可放下工作過一個充實的農曆年。

等小兒偉豪從新加坡回家吃團圓飯，然後回沙巴安南，再回美羅，大年初一初二見到親友，新年海岸線上走一圈到山城又回到住處。

黃小二過年，新歲的感覺遠勝往年，因為家人相陪，寫詩向友好祝福。網路盛行貼上賀年卡，五花八門，再有創意，也不會久留。倒是笨珍張美增的每年簡單祝福有意思：「你們好，祝新春快樂。」筆墨見真情。海外聯招會同仁大頭照貼卡通，一封寫上名字的的謝意倍感誠意，龍華科技大學張博綸謝意滿滿，星洲日報文藝春秋主編黃俊麟親筆簽名的賀年卡代表了他與作者多年的心意。

前一陣收到明道大學的書法家春聯，貼在家裡，增添喜氣：

湖畔垂楊欲化煙
苑邊紅杏初含雨

橫批更是隨心所欲：

室有春風聚太和

二月十日：沙白安南

二月十日，農曆癸巳大年初一，回內人榮香沙白安南（Sabak Bernam）

家，老家已折除變成公園，只留下一條潺潺流水的安南河（Sungai Bernam），幾排老店屋和一九四四年建成沙白安南戲院。

有詩道：

昔日載客的渡輪無影
從雙向的高架橋頭隱匿
第一次邂逅青春的沙白安南
每年都隨風送到舊居
家鄉藍天的朵朵白雲

二月十二日：天氣晴朗

二〇一三年二月十二日，農曆癸巳大年初三，天氣晴朗。

每次回老家，從海岸線公路途經適耕莊，大港，到沙白安南，再路過巴干拿督路的半港十字路口，轉右回安順路，約一英里，就是十英里路的養成國民型華文小學。

我在小學四年級開始，就一直寄人籬下的完成華小，中學轉至美羅中華國民型中學就讀。

五十多年過去了，母校也五十年如一日屹立在那裡，如今增加了一間禮堂。我每年最少都會途經沿著安順路的小學母校一次，卻從來沒有勇氣和機會停下來拍照留影。

童年的生活從我的記憶翻新，我開始淡忘了這沒有依靠的三年歲月，日後竟養成了自立，隨逸而安，喜歡流浪，又時常藉著風雨勇敢面對一切未知世界的耐性。

依稀記得老校長在週會時對學生的諄諄教誨：

養成學校的學生要養成好的品行，養成好的習慣，養成好的模範，養成好的……

幾十年下來，我只記得「養成好習慣」而且身體力行，啊！我真的有養成好的習慣。一、待人以誠，二、愛上文學之後，追求真善美，天天創作，寫詩成為我的習慣。

二月二十二日：新年賀語

二〇一三年二月十九日，癸巳蛇年大年初十，近日有雨。

新年的祝賀詞千遍一律，但收到留臺聯總前文教及獎貸學金組主任李惠泉兄的賀語最特別：

新的一年祝你文采飛揚。沒有一個行業比詩人更富有。可以用詩歌頌人生，可以用詩思念友人，可以用詩風花雪月。祝賀你！

二月二十六日：病中感悟

何乃健病中感懷，寫了二十首小詩由蘇清強兄轉來囑咐貼在臉書以饗讀者文友，分十次刊登。

乃健兄病中諸多感悟，佛法給了他無限的能量與生命力，祝乃健兄早日康復。

二月二十七日：傳記風雲

看傳記，下評語，要中肯，也要有勇氣。

鄧小平對毛澤東的歷史評價：「歷史有功，大躍進有過，文革有罪。」

二月二十八：心嚮往之

從吉隆坡國際機場起程，展翅高飛穿梭四小時後，圓夢在寶島，在張開翅膀的那一刻，鳥瞰藍天下的白雪雲花和大地，那是同學們未來的春天。

心嚮往之，必有滴水穿心的豪氣。

三月十五日：年少黑白

整理舊照，年少黑白，詩意洋溢。

是夢把影子拉長，是雨在屋瓦間流浪。

三月十六日：書籍舊報

傍晚到馬華文學史料工作者李錦宗住家借天狼星詩社刊第三期拍攝存檔，這位一輩子都在整理及收集馬華文學書籍的前輩，一生都在書堆和舊報紙中孜孜不倦的從事馬華文學的整理與撰寫，即吃力又不付好。

滿屋子的書籍及舊報，堆積如山，他平生就這愛好，樂在其中。

三月二十八日：家人朋友

我的一生最大的財富是家人、朋友和詩。

家人永遠支撐著我，陪伴渡過每一天的風雨，在家的每個角落，滿懷溫馨。

朋友相互鼓勵，患難見真情，好友像陳年高粱。

詩持續保溫，給我無私的擁抱，悲憫和憂傷，喜悅和期待。

就算我先行離開，也無憾。

三月三十日：清明時節

明天回美羅老家掃墓，瓜拉美金新村華人義山，排列碑石的丘陵，在父母和大哥過去的蹤影：

墓園堆起黃土插上香
是生者和死者相會
最靠近靈氣的日子
清明節，有風雨
從後山連綿吹起

三月三十一日：留住瞬間

分享了任平兄的貼文，四十年後的情境躍然紙上。九十二歲的周夢蝶和八十三歲的余光中席上談詩，心中確實震撼。

去年九月在新店短暫與周公一聚，書上簽名，一起吃壽麵，還清楚記得當年的黃昏星。

半年過去了，此情此境，不會常有啊！

四月一日：沉寂的愚人節

四月一日愚人節，不敢愚人，心情一直沈落。寫一首詩給與我有生以來未曾見面的父親，即陌生，又形影不離，昨日掃墓，站在他擁抱的那堆黃土，寫下：

你的夢堆積成我面前的黃土
和母親同在
和我未曾見面的你
同在

四月四日：如果明天

一支筆曲折寫來
道盡了人間悲歡
一個故事結尾的音符
在五腳基兀自流落
如果還有明天
日子正如雲雨靜靜飄過

四月十一日：逆風年華

今天上午有人出版社曾翎龍送來剛出爐的詩集《逆風的年華》，與我共享出版新書的喜悅。

誠如封面設計人龔萬輝所言：「詩是活水，詩集如逆風新葉」，這活水泉湧，逆風的新葉將伴隨生命向空中高長，一直到枯黃落地。

共收六十一首詩，分六輯，臺灣詩人劉正偉作序，一篇後記。

謝謝劉正偉、曾翎龍、龔萬輝及內頁排版和設計者陳文禮。

一本書的出版，結合許多熱愛，心願又一次迎接著晴朗的藍天。

感謝促成此書出版的所有朋友。

四月十三日：時光隧道

莊若和椰子屋，椰子屋與莊若，好像串聯在一起的生命共同體，永遠都分不開。

周末午後，到訪八打靈Jaya One剛開張五個月的椰子屋，身兼詩人、廚師、影評人多職的莊若，坐下來一起喝咖啡，一個下午悄悄溜走了。

多年前陪伴在馬六甲營業的老招牌掛在入口處，吳超亮的字，帶我們走一趟時光隧道。

四月十六日：與詩有約

星期天在巴生約了年輕詩人陳偉哲及剛寫詩的朋友黃俊德喝下午茶，談寫作及出書。

一個下午流失在年少的憧憬，竟無所不談到了落日黃昏，把詩意帶到另一個聚會的場所。

四月十九日：探索大山

吉隆坡國際機場
清晨踩向雲端
引我們到犀鳥之鄉
轉向探索神奇的大山

四月十九日：從此開始

在美里候機室
等候赴慕魯國家公園的班機
一切從這裡開始
一切從來就不曾結束

四月二十五日：油桐雪花

四月的臺灣油桐花季。

在桃園機場和詩集《逆風的年華》寫序人劉正偉會面贈書，隨後沿著機場的高速大道往臺北。

回想去年這個月份，和詩人渡也兄嫂在苗栗客家大院觀賞雪白油桐花，意猶未盡，此情不再。

這回抵臺，卻在秀威出版社巧遇暌違十多年的詩人林煥彰兄。

珍惜短暫相聚，在內湖。

四月二十九日：詩人風采

暌違了近十年沒見面的余光中老師，這回是趁二十六日南區臺灣高教展說明會，請中山大學葉慧清安排，在西子灣沙灘會館餐廳見面，贈書及共享午餐。與會者還有馬華詩人學者張錦忠，飯後陪老師在石磚小道走到停車場，四月涼風，沐浴在詩意中。

五月二日：臨別依依

四月二十八日離臺前三小時，和陳素芳及孫金君，趕到詩人龍青及黑俠在臺北溫州街開張不久的「魚木咖啡館」用午餐，和詩人短暫相聚，又是時隔半年了。

詩牆上留下許多詩人的詩行筆跡，我也留下了最短的一首詩：已經謝了。

五月四日：祝福安康

第十三屆全國大選在即，秘書處的工作伙伴曾美雲卻在回鄉的途中休息站暈倒，急送布城醫院，增添遺憾啊！

五月五日：投票日

這一天，我投下神聖的一票，五十年來，此情此景，恍惚看到暗影帶著微光的將來。

帶著口號去投票的人，心中想著改朝換代。

五月八日：母難節

母親節是母難節，我們各自都有隱蔽於身後陪伴孩子長大，相夫教子的母親，祝天下母親節溫馨快樂。因為有妳。

五月十五日：短信寄語

煥彰兄：

暌違十多年，四日二十四日午後晴空，竟在內湖巧遇吾兄，機緣啊！

這次赴臺，最大收穫是見到你和詩人余光中，回馬甚是思念。

附上近作九首給乾坤詩刊，請教正。

弟宗舜

五月十六日：教師節

每年的教師節，想到三個人。

美羅中華國民型中學教我華文課的已故溫偉民老師，昔日臺北武昌街明星咖啡屋樓下販賣文學書籍的詩人周夢蝶，八十四高齡還在高雄西子灣中山大學執教及寫詩的詩人余光中。

他們掀起了我人生旅途的旋風，溫老師的諄諄教誨，兩位詩人一生詩誌不言休，予我，每天都是教師節。

我的詩路走得更遠，更寬闊，到現在。

五月十七日：誤闖詩林

半個多月前在巴生與兩位年輕詩人見面，對於詩，大家不分年齡，可以無所不談，盡興而歸。

這回其中一人在臉書留下訊息，對那次的聚會留下了如此深刻的印象：

那天和您見面，還是覺得您是當年那個誤闖詩林的黃昏星。

好一個誤闖詩林，若不是真的在年少誤闖詩林，而如今，我才不會那麼自在的寫詩到今天呢！

得與失，予我，多半失而復得，背光觀月，別有另外一番滋味，常常沈吟至今。

五月十七日：這片土地

詩人有心事，偶爾文字上越軌，但大部分時間都在寫不平則鳴的詩。詩人和家人，詩人和這片土地已成一體，生命才有詩意。

隨手拈來一首詩，灑滿黃土高地，夢是破碎的，風也一樣。

五月十八日：巴黎風客

看到詩名風客，現改成夏侯楚客網上貼文，對文學的日漸式微以及對馬華文學的關懷作出了回應：

文學的死活要靠自己，靠山也會倒，與其埋怨這片土地，不如多加努力，自強不息。

文風興盛，因為有你，昔日盛唐繁華，歷歷可見在詩中。昔日天狼星詩社五陵年少，爾今安在?!

昔日盛唐領風騷，今日硬漢醉巴黎。

有寂寞的風，吹過吉隆坡，席捲到巴黎。

五月十九日：第一本詩選

我的第一本詩選，近期在臺灣出版。

選輯詩人自一九七三至一九七五年，在臺灣及馬來西亞兩地的二十二年創作成長苦澀結晶，收錄了三本詩集《兩岸燈火》、《詩人的天空》及《風的顏色》共一〇二首力作，首首都是詩人嘔心瀝血燃燒的煙火。

期間展現了詩人創作不輟之多樣風格和人生歷練，而今再從發黃的絕版書中另覓新貌。

這樣的新貌，向著多重的詩意傳達：

詩歌雨中停止感傷
兩岸深宵熄滅
我們當年的燈火

詩人推窗昂揚望遠
天空悄悄隱沒
昔日開窗見月的雲朵
如果穿梭的風靜坐
騷動了江湖野火
從此雲端不再染色
詩集多處留白發黃
在付梓溫潤紙頁間
留住往昔潑灑的濃墨

五月二十六日：生態之旅

在我們的周圍，有些地方是令人留連忘返和為之動情抒寫的。

在雪州瓜拉雪蘭莪甘邦關丹（Kampung Kuantan）兩岸靜夜，入夜黃昏，和朋友趕一程螢火蟲生態之旅，悠然自得。

五月二十八日：美羅七君子

自古文人相輕，在沙漠地帶，應有綠野方舟，乾枯伐木，一齊努力共勉，以對昔日初心靠攏，詩意甚濃。

想當初，美羅年少，七君子，金寶天狼星詩社，華燈初上，山城聚首吟詩。臺北神州詩社，冬夜高歌，滿座衣冠似雪。

而如今，故人星散，七零八索，是我們的夢枯萎了，還是……

六月六日：每年此刻

國際詩人節感言（一）

今天是所有詩人誕生的日子
願天下詩人
有詩快樂，有詩自在
昨日的夢尋覓到繆思的下落
今天的怨氣變成燃燒的煙火
讓下雨的淚在肩膀滑落
讓澎湃的波濤流成大河
我們同在異鄉的國度祝賀

六月六日：傍晚有雨

國際詩人節感言（二）

有了臉書，網上結交了許多朋友，三、四十年老朋友一夜之間找回來了。我感謝臉書成為億萬人的社交網站，抒寫感懷，貼上詩作，與同好共賞。我珍惜當下和過去，也擁抱以後的每一天和未來。但有些人濫用臉書，為所欲為，從不顧及他人感受，把臉書當發洩的現在。在人間地獄修煉才能登上天堂，請不要把神掛在嘴邊上，神在每個人的心中。

詩人與天涯海角的你，同在。

六月六日：深宵岑寂

國際詩人節感言（三）

昔日天狼星詩社舊友，詩人節可詩抒發的還幾許？難得張筆傲記起，作出回應：

早期吹過一陣強風
而今不再流動
我仰望和珍惜
因為我在倒影中

六月八日：滿滿祝福

在所有學長姐，好友及秘書處同仁的祈安下，身處醫院手術臺的美雲不寂寞，我們都和你一起渡過這艱難的六小時，加油。

六月九日：畫像傳神

這張畫像，出自新加坡畫家詩人、蕉風主編陳瑞獻的手筆，成為我回到馬來西亞後，第一本詩集《詩人的天空》的封面畫像。

這畫像很傳神。

六月十日：未曾謀面

陳瑞獻是馬華重要文學刊物《蕉風月刊》（現在是季刊）的主編之一。

他在《詩人的天空》的序文毛筆字更是少見的精簡而短，全文少過八十字：

一片陽光敷在畫幅上，他提筆，把那片陽光添入畫面。

他思量眼下一篇詩應否定稿，一陣風吹，吹合紙，他立即簽下名字。

宗舜詩天空即將付梓，書寓言一則，以誌其詩造化。

懷念陳瑞獻，想到許友彬。

一九九三年《詩人的天空》出版前，我和詩人尚未見面，是友彬把我的相片寄給畫家，他毅然答應，畫出這樣的神韻。

六月十一日：工讀生

和高中一的同學工作相處一個星期之後，這位喜歡數位媒體設計的同學靜悄悄在書桌一角白描，他心目中的詩人畫像竟是這樣：頭大，四方臉。

六月十三日：悅耳聲音

聽到手術後美雲致電清晰脆耳的聲音，數日來忐忑不安的心情好似雨過天晴，看到一片藍天，看到了雲彩。

美雲說：謝謝這段時日四面八方關心她的學長姐及好友，她銘記於心。

我們更祝願她早日康復。

六月十五日：父親節前夕

父親節，一個很特別的名字，特別在於我從未見過父親。父親的模樣，父親的嚴肅，父親從來沒有陪我微笑的臉容。身為人父後，和孩子渡過父親節，每一天都在想父親，我們老的時候一定會相見。

六月二十二日：詩人換血

有人出版社實習生劉耀勝約見下午訪談創作、詩與生活。我說二〇一一年元月至今一年半，一共寫了近四百首詩。我也不知自己是如何走過來的，忙碌的過日子，忙碌的天天與詩為伍，詩人好像天天都在換血。

六月二十三日：退居幕後

生活與詩息息相關，那是接近真實與虛擬，也可假借任何當下的事情，如電影、看書引起觸動，一些發生在身邊的小事，觸景生情，經過文字的洗滌和精簡，必定虛實並存，情境交融，否則詩只是生活的素材，善加調和應用，詩人煮好的飯菜，才香醇，有韻味，則回味無窮。

還是解構大師羅蘭巴特說得好：「作品產生之後，作者宣告死亡」。

詩人退居幕後。

六月二十四：因為人禍

下班後回家，以為可以看到一片晴空。

路上一片灰頭土臉的天空，所有的高樓與綠樹皆隱沒。

我們的城鄉將就此步入世紀的末日。

經過濛濛路牌跑馬燈寫著：莎阿南，不健康指數：一七一。

是人闖的禍。

六月二十八日：烏托邦除魅

可能你會嚇了一跳，替我的散文集作序的溫任平先生寫了他一生最有份量的一萬三千字長序〈神州詩社——烏托邦除魅〉，對過去天狼星詩社及神州詩社的糾葛作了冗長敘述，感慨於人事變遷的深沉書寫。

這本散文集《烏托邦幻滅王國》收集三十多年前，我與周清嘯在臺灣合著的散文集的大部份作品，經過十次修訂及近作的匯集，當中文字脈絡在〈後記〉作了交待：

就當作這些篇章如遠去的帆影，如今回航，靠岸，慢慢貼進這塊風雨的土地，就此長駐，停留，再出發。這三十五年來的文字，在你眼前出現，會引起甚麼聯想？我無法估量，是不是在你的心中，曾經想過擁有的那片青青草地，還是大海汪洋！

六月三十日：一燈如豆

忙完海青班雪隆區三場講座，今晚會議結束，抵家已是淩晨。家真好，一燈如豆，等我擁抱入眠。

七月八日：我們

我們的共同記憶
我們一廂情願
我們無怨無悔
那個遙遠的神州詩社

七月十一日：歷史走廊

去年在馬大的國際學術研討會上，也是籌委會成員的中文系二年級張佩娟同學會後和我一起合照。

時日把合照沖洗了，我也忘了合照這回事。

這回，她應徵當留臺聯總實習生，協助史料整理，我們又回到那一刻的歷史走廊。

七月十一日：留臺那些年

趁高嘉謙、張錦忠及黃錦樹回馬在新紀元大學學院的學術研討會時小聚，這回希望促成《我們留臺那些年》散文集的付梓出版，匯集留臺人留學臺灣的點點滴滴，最美好及有血有淚的記憶。

那些年，留臺人，你留下多少可泣可歌的事蹟，動筆用文字參與其盛，忙完這陣子教育展過後，我要開始抒寫了？你呢？

七月十二日：書法贈友

這幅書法：「豈能盡如人意，但求無愧我心」已陪我渡過十多年歲月，以後必無法常久陪伴。

此刻該是轉贈有心人的時候。

七月十八日：火的神山

一三年臺灣高等教育展明天（十九日）第一場在東馬沙巴亞庇開幕。清晨一場大雨，起飛遨遊後開始為展前說明會作準備，有火的神山，有火的陸地在亞庇（API）。

七月二十八日：送行聚餐

歡送參加教育展的臺灣參展院校師長後，留臺聯總署理會長陳治光學長請籌委會同仁在吉隆坡國際機場附近的龍溪（Dengil）小鎮成記海鮮飯店，一起品嚐道地的淡水生蝦麵，真是大快朵頤。

七月三十日：感嘆無奈

這是一個悲哀和無奈的事件，在相對於海峽兩岸欠缺資糧的馬華文壇，我們的詩人要自我警惕。

風格的誕生非一朝一夕。

對一個發生在身體健康欠佳的詩人身上的重大事件，我有哽咽的悲哀和無奈。

只能在今晨貼上〈守護〉一詩，遙相共勉。

八月四日：有何感想

昨日到吉隆坡國際書展，和臺灣出版社前輩陳雨航及胡金倫在座談會上提起出版已故商晚筠小說集，希望出版社能為優秀的馬華作家做點事情。

晚上出席星洲日報第十二屆花蹤文學獎頒獎禮，看到十七年後的曾翎龍囊括新詩及散文兩個首獎，以及沙禽奪得馬華文學大獎，他們多年的筆耕終獲得肯定。

八月九日：咖啡店故事

筌珍老友張美增趁開齋節抵隆與我相聚，這一天我們逛八打靈古董店「想當年」，晚上到巴生享用「奇香肉骨茶」，途經「故事咖啡店」回到梳邦再也。

還是咖啡店老闆了解顧客的心理，熱帶雨林的南洋，所有故事都是從小小的咖啡店開始，然後蔓延，到咖啡店喝茶，有說不完的故事（Kopitiam Story）。

八月十日：舊雨新知

舊雨新知，馬華文壇老將張宇川新識呂世添，還有留臺聯總前財政鄭詠裕不約而同來訪，忙中寒暄，嚒嚒檔喝杯早茶，談文說藝。

張宇川寶刀未老，在他的武俠小說留連忘返，呂世添感嘆會寫詩的人漸少，鄭詠裕大談在怡保和老報人的密切關係。

老報人，張宇川夠資格，七〇至八〇年代的新生活報，他就是編輯部的主管了。

八月十九日：下午茶會友

半年前在峇株巴轄和久未見面的詩人沙禽喝下午茶，正為他的詩集四十詩綜《沉思者的叩門》的出版而充滿期待。

這回他在星洲日報《花蹤》脫穎而出奪得文學大獎，其畢生為詩創作，譯作所做的努力終獲得肯定。

吊詭的是，十多年前曾有臺灣的寫作人，把沙禽的詩作一字不漏抄寫後參加重要文學徵文比賽而獲獎，沙禽知道後卻不加追究。這使我想起近日來鬧得沸騰不已的文壇抄襲事件，我們自我建設了什麼？該是集體反省的時候了。

八月二十日：追隨詩賦

自從二〇一一年出版詩集《笨珍海岸》以來，至今一年七個月，得長短詩作四百七十五首。

寫作沒有捷徑，唯有勤能補拙，我自認天份不高，只好窮必生之力於繆斯，追隨詩賦，在孤獨國寫寂寞的詩，寒風中煉獄，在走過的路拔河。

詩予我不捨晝夜，痴狂，在天地融合。

八月二十二日：詩的孤獨國

昨日出席金寶拉曼大學中華研究院「稻草人文學教室」主辦的新書發表會「詩群眾中孤獨的國度」。

我和馬華年輕詩人周若鵬、邢詒旺談創作經驗、風格的誕生、情詩、詩與生活、延伸思考、結社取暖和孤獨為伍，結束後互動頻頻，好一個詩意的下午。

開講前，文壇作家詩友及拉曼中文系師長合影留念，到場有杜忠全、草風、周若鵬、曾翎龍、雷似痴，邢詒旺、方美富及李樹枝。

八月三十日：用生命書寫

上個世紀七〇年代臺北羅斯福路五段的神州詩社，時任中央日報記者陳正毅，徹夜訪試劍山莊，談文說藝，酒甘耳熱一起高唱由沉重編曲的鄭愁予〈殘堡〉鏗鏘豪邁，而今猶歷歷在目，耳語清新如昔。

而今四十年後，他寫成了一個新聞人的四十年心路《用生命書寫》一書，贈我題字，一路走來，文字背影的故事，留下許多文化及文學的關懷。

九月一日：盡情分享

應朋友要求，希望能看到對我文學創作和結社留下痕跡的拙作，今天貼上地誌詩沙白安南，明天及往後將貼上美羅、金寶、怡保及安順。

分享創作的喜怒哀樂，當可一覽無遺的看到，作者的背影，在眼前搖晃。

九月二日：光頭山上

天狼星詩社在溫任平老師於金寶彩虹園及金龍園坐鎮後，擴大成就十大分社。金寶是我詩情澎湃的山鎮，也是結社後最依依不捨，不離不散的地方。

九月五日：另類生日

秘書處同仁、一班好友及工讀生開心為我慶生，謝謝大家難得相聚，在一起真開心。

愛吃榴槤惹的禍，這回他們稱我「榴槤王子」，在八打靈Chilis西餐廳，喜樂。

九月八日：精選集

我們談論的話題，是想方設法，整理自一九七〇年代至今天狼星詩社眾社友「天狼星作品精選集」。

日前，和八〇年代中期接任天狼星詩社社長的謝川成聚餐，提到許多在二〇一四年最想做事情，其中就是收集天狼星社員作品精選集，是可行，也是最有意義的事。

我們已經初步擬定了一份名單，那些以年少一路來的名字，有時會湮沒了我的記憶。

九月九日：豐盛的一年

我不知道還有多少個十年？對生命長度抱持悲觀的樂觀主義者，我唯有向生命的深度挖掘。

即使是一年，我也要把二〇一四年當成我的十年，寫詩、出書，做最想做的事，促成天狼星詩社的社員作品面世，留下文學史的痕跡。

只是想知道，作為曾經是天狼星詩社成員的你，是否想法和我一致？

九月十一日：病來磨

堅強意志最怕病來磨，我曾大病，死裡逃生，我最清楚。

即便是男子漢，久病必消沈。

我想起九〇年代的詩人葉明，他與癌症糾纏時出版詩合集《風的顏色》，算是了結一樁心願。

懷念葉明，他的書法，留下狂草的萱紙，成了永遠的詩句。

九月十五日：完成任務

每日努力完成自己想做的事情，活在當下，不負當年，無愧於心，不抱憾，無宿怨。

我活得自在，有詩更自在。

馬來西亞日慶典前夕的感言，深思。

九月十六日：馬來西亞日，何謂正義

近日讀詩，感慨最深的，感同身受的，莫過於羅智成的《透明鳥》第三十五則，茲錄全段與眾分享：

我們覺得我們更文明
更有資格及智慧享用地球
我們堅定地維護正義
但只對我們計較的權益
我們充滿巨大的同情
但只對自己同情的族群
我們團結
為了孤立他人
我們無私地愛

為了區隔所恨
我們虔誠的信仰
以心中飽滿的價值排擠
不屬於我們的價值
我們犯錯
但無法容忍他們犯錯

九月十七日：結義

去年我在臉書上找到失去聯繫近四十年的幾位臺灣朋友，昨天我在半島竟然找到失去音訊的近三十年老朋友。

舊友要一個一個的找回來，我們生逢那個年代，喜歡上文學，結義，聚會時唱「只有我和我的心知道」。

開頭不是這樣唱的嗎：

我的生命中
充滿了什麼曲調
只有我和我的心知道
……

九月二十五日：生命

回應文友在臉書的鼓勵，人要嚮往過去，不管過去如何艱辛，那畢竟是過去。

其實當下和未來更加可期。我用詩章豐富了生命，讓周遭的綠地油然充滿生氣。

今日易地書寫，懷抱這片熱帶雨林濕地，詩的生命重生，煉獄的過去，卻為此時此刻的生命留下可以抹去的痕跡。

十月五日：共襄盛舉

出席馬來亞大學中文系漢語國際學術研討會暨五十週年馬大中文系之夜，歷屆校友同臺聚餐，衣裳光鮮，聚焦合照，此景難在，可能又是五年或十年後的風華。

明年留臺聯總四十週年，連串慶典活動，指日可期。

十月八日：午夜訪客

探病時間已過，莎阿南ＫＰＪ專科醫院，詩人方路闖關夜訪。

這三天來和超級骨痛病熱症交戰，是時候讓它們知道，不要欺負只會寫詩的人：

葡萄糖點滴江河日下
衝擊血海脈搏
攪亂了詩路，病房
只有在倦容中
擠滿戰勝的笑

十月十五日：研討會上

久違了，詩人淡瑩，相隔數十年，這回我們在研討會碰面了。她和詩人王潤華的詩作，是我們接觸文學啟蒙時其中最敬重的馬華詩人。

在同一研討會上，我和金順同時遇上了闊別了近十幾年的老朋友李瑞騰，他現在擔任臺灣文學館館長，也見到了更加久違的作家楊錦郁。

十月二十八日：葡萄牙村

馬六甲葡萄牙村空虛的舞台，每週六不再有民俗表演。葡萄牙後裔最驕傲的地方，是他們還保存及沿用最古老葡萄牙語，有些發音，連來自葡萄牙的現當代人也聽不懂。

但文化的式微日漸可見，每週六的文化民俗表演取不再，在舞台下和我們合照的葡萄牙舞蹈員Marcia Goonting就如此感慨的說：週末文化表演取消，家庭現代化，村裡僅存一間葡萄牙舊式房子，年輕人移居村外覓職……

十月二十七日：古城風貌

夕陽西下的古城，六百年古堡斑駁，三輪花車載著遊客覓勝。

我們在三叔公品嚐特製榴蓮煎堆，入夜是雞場街夜市的繁華，留臺聰總經貿組副主任曾昭明學長請我們在他的「地理學家咖啡屋」喝啤酒，聽歌。

馬六甲雞場街的夜，是不夜城。

十月二十九日：贈詩集送暖

近四十年深交的臺灣詩人好友渡也（陳啟佑）前一陣子郵寄送來七本詩

集，今天又託育達科技大學師長親交五本詩集，十二本詩集足夠我這半年精神糧食充飢了。

詩人送來的禮物最珍貴，他知道我瘋狂寫詩，這些詩集就伴隨我走到寂寞的一甲子。

十一月二日：屠妖節

星期六早晨鳥鳴，清脆入耳
昨夜公寓鞭炮聲響徹雲霄
好讓與都教徒迎接今日盛典
災難後的屠妖節

十一月五日：網路世界

很多人形容網路世界是魔的世界，魔幻，瞬息萬變，容易迷失。

我的網路世界是詩的世界，追求真善美，人生的酸澀苦辣，擇高樹良木而棲，獨步雨林：

觸動神色那鳥鳴
好清涼一幅圖景
把暮色畫成山水
獨步在清晨雨林

十二月十七日：社員團聚

昔日天狼星詩社社長溫任平、社友藍啟元、謝川成、程可欣和我在燈下憶往，期許未來：

十一月吉隆坡飄過
久違的星夜人影
在聚餐桌前閃爍
當話題翻山越嶺
從金寶穿梭到美羅
一個時代傳唱的詩社
再覓另一峰巒的燈火

十二月十八日：寫作現場

二〇一一年三月二十五日，我們重新找回神州詩社最輝煌時代的寫作現場：臺北羅斯福路五段九十七巷九號之三（四樓）。

那場魂牽夢縈的細雨就一直下個不停，這是辛金順唯一拍攝到的幾張相片，一起去尋找試劍山莊寫作現場還有楊宗翰及黃華安。

十二月十九日：歲月催人老

二〇一一年三月二十六日，臺北的街道潮濕，細雨紛飛。

約了辛金順及林彥廷，和近三十年未見面的作家張曉風，在雨中餐聚，感慨萬千，歲月催人老啊！

十二月二十日：此情幾許

二〇一一年三月二十六日晚上神州詩社老友臺北聚餐，都是陳素芳在邀約。這回少了胡天任，可多了辛金順、黃華安、渡也和唐捐。

三月的雨季和農曆新年後的春景，掛在街巷的燈火迷濛，啟程和歸心在這裡交錯，而此時此景，又有幾何？

十二月二十一日：風雨故人來

二〇一二年二月十四日，農曆壬辰年的鞭炮聲落地，金寶這時午間卻下了一場豪雨，豆大的雨珠千軍萬馬，急切滾落到彎曲斜坡的山下。

風雨故人來。

也是天狼星詩社舊友雷似痴、陳川興，多年來互動聯繫，這個小型聚會得以實現，我和辛金順才能和才女林秋月，在驟增雨滴的金寶見面。

十二月二十一日：才女出現

林秋月，十五歲在天狼星詩社即展露天賦才華，推開年少謬斯的天窗，歌詠青澀歲月，馳騁文壇。我們正等妳重拾詩筆，行走積累的文字江湖，揮灑大片的美好河山。

夜是一幅塗黑的畫
掛在牆上
掛在林立的屋頂上
掛在

你的眼睛

……

十二月二十二日：冬至湯圓

家人忙著搓湯圓

火爐的香葉正等著滾燙

冬至溫馨的感覺真好

十二月二十二日：時日如刀

冬至感言，攪拌著冷冷的雨季。

每年冬至，想起親人和家人，我們有多久沒有和家人相聚在一起，跪拜天地，一起吃湯圓，還有媽媽和身邊家人一齊搓湯圓的情景！

時日如刀，把過去和現在切割成半，一半是往昔，另一半是將來。啊將來，你不能捉摸，只能臆測。

感嘆歲月流失，不如把握眼前，眼前是什麼，是你我共有的一切，共生的現在和未來，共擁的大地和空氣。

生死和風流失
環抱大樹乘蔭
冬至寫下塗繪的印記
湯圓滾軸下次的相聚

十二日二十四日：生辰喜樂

豆漿和燒餅油條
遠遠繞道舌尖
變成最豐盛的宵夜
十一月十二日初抵桃園機場，怡君妹子及魏小弟就來接機相聚。
遙祝怡君明日生辰喜樂，安康

十二月二十五日：臉書祝福

聖誕節想念遙遠的朋友，臉書祝福。

正毅兄：

冬至憶往，十一月中旬與兄相見匆匆，雖無遺憾，卻使心肺難奈，耿耿於懷。

你和女兒特地從新店趕來深坑見我，但我因要與近四十未見面老朋友林保淳和他指導的學生談神州事蹟，此番相遇多聊往事而忽略吾兄感受，惶恐及心感不安。

今返回逾一個月，欣然看到吾兄臉書報平安，寫近況，心中釋懷。

冬季寒風，敬請照顧身體。

讀吾兄贈送及親筆簽名給我的剛出版散文集《用生命書寫》，多處提到昔日夜訪試劍山莊，高歌吟唱沉重編曲的鄭愁予〈殘堡〉以及為我的散文集寫跋，濃情厚誼，此生沒忘。

每掩卷反思，兄長文字功力了得，弟甘拜細讀，咀嚼再三，心服口服。近期將出版詩文集，若有機會，再請吾兄寫序如何？

十二月二十七日：兄弟患病

接到美羅七君子吳超然傳出短訊，告之余雲天近日罹患肝癌，又言雲天身體、臉色及手腳皆發黃，接到訊息，心中悵然。

轉知廖建飛，又聯絡上葉扁舟，想馬上回美羅，去探望散文寫得出色，一生鬱鬱寡歡不得志的結義兄弟。

我們曾經有過綠州社和天狼星詩社年少輕狂歲月，月光會結義，星夜留連忘返，文學把我們凝聚，文學又把我們相隔兩地。

吳超然探望雲天之後，更是感慨萬千，傳來四則感歎人生的短訊：

人生無常，人算不如天算，我們無法預料突如其來的變化。人即將離開塵世的時候，是人生最脆弱、悲情，也是回歸性本善的一刻。

我願化成一陣風，讓你不知不覺在你的生命線上吹拂而過。我已不是我，你感覺不到我的存在。

夢為何物？夢中相聚，如幻似真，昔日緣、記憶猶新。一切彷彿回到從前，重拾舊日情。緊握這一刻，隱藏記憶的時鐘。願今晚、再續夢中緣。

流失的歲月，令人感嘆。回憶往事，有多少的辛酸苦辣、悲歡離合，深深的烙印在蒼霜的心靈，揮不掉的失落，猶如飄零的落花、在風中飲泣。

十二月二十八日：一路走來

發布余雲天肝癌消息，關心的舊雨新知紛紛在臉書及短訊問候、送暖，溫情感人。

昔日美羅七君子，由於溫瑞安的行事與作風，最終和我們漸行漸遠。周清嘯在二〇〇五年八月二十五日風夜和友人聚餐，一曲「榕樹下」還沒唱完，含笑告別人間，到詩國尋幽。

在美羅，那個日夜牽動我們年少神經和話題的山城，無法留住我們。廖建飛、葉扁舟和我在吉隆坡及莎阿南兩地留連，廖建飛在中國報任職社團記者多年後退休，變成「仰機居士」，用紫微斗數的天文命理替有緣人推算運程。葉扁舟十年如一日，在吉隆坡大街小巷為趕路人往返接送，駕著德士在熟悉的街道奔馳，討著三餐的生活。我則半甲子住在莎阿南，二十年服務於留臺聯總，往返八打靈和住家間，每日忙著會務，卻不忘年少立志初衷殷勤寫詩。只有余雲天和吳起然守住美羅。或者說，是七君子的人生際遇令大家各奔前程，一路走來，無限唏噓。

也許今夜，或者明天，讓我們年少般回到美羅再次重溫，黃昏星大廈拆除，聽雨樓消失，只有我們，結義的兄弟。

十二月二十九日：散席之後

昨夜出席餐會，餐廳燈影華麗，光鮮亮眼的人潮，聽到是寒暄和問候，以及二〇一四新年的祝福。

賓客流動像趕夜班直通車，為下一趟赴約，為另一個更加憧憬的明天，和未知新的一年。

手中高腳杯不肯離去
散席還留一夜醉意
風在廳外等雨在下
車在路上等遊子回家

十二月二十九日：方路書寫

方路測試詩人的風向袋，感性出發。讓我的詩集《笨珍海岸》延長了人的生命線，如金色晨光。他的健筆如波濤，他的書寫如涼風的海岸，我喜歡。

在「風向袋」文中方路認為：

這種情況，一直到了二〇一一年出版詩集《笨珍海岸》，才有明顯的改變。一九九三年，他曾出版過第一本個人詩集《詩人的天空》，不過，這本詩集出現兩大極端，其一是收錄他七〇年代在臺灣神州詩社追尋烏托邦的詩作，抒情極致，其二是返回大馬，面對現實生活，創作出〈水深火熱〉的詩作。

《笨珍海岸》對李宗舜來說，是一個重要的里程碑，可以看出他的詩風逐漸穩定下來，在詩的語言和意象，可以控制自如，而且更重要的是他已經決定以詩見心，讓真實的詩記錄他踏實的生活。

十二月三十日：兩通電話

今早和乃健兄通電話，聲音依然洪亮，如故健談，他告之現在積極看待人生，活在當下，把每天當作人生最後一天，第二天醒來看到日出就非常感恩。雖有病痛，但二〇一三年是他的豐收年。

下午吳超然探望余雲天，通話後把手機轉給雲天接聽，說話的聲音堅定，但感覺到語氣中充滿了無奈。

美羅七君子當中，余雲天最沈默寡言，他心中有佛，卻常常飄泊。余雲天是我弟兄，我總覺得虧欠他太多。

十二月三十一日：家人聚餐

請椰子屋的莊若預定元月一日家人聚餐位子，他回說好。好長一段時日沒去那間坐落在八打靈的Coconut House看看老明友，順道家人聚餐。

今晚無須渡過倒數的時辰，每天都在倒數，善用每一天每一秒，日子已經很精彩了。

向著太陽的時候，有時也得背光想一想，今天有沒有荒廢青春？今天有否完成二〇一三年未了的心願？

附錄——遙遠的武俠世界

溫翎君◎提問
李宗舜◎說明

Q：請容許先從您和溫瑞安先生的第一次見面談起，您和溫瑞安是從小一起長大的朋友，能不能回想一下，您第一眼見到溫瑞安先生您對他的印象是什麼？

A：當年就讀美羅中華國民型中學，初中一我們就成為同班同學。剛開始大家還不熟悉，但到了下課鐘聲響起，卻有一群同學圍繞在溫瑞安身邊，我好奇趨前去，原來他在講武俠小說〈血河車〉故事。第一個非常鮮明的印象就從那一刻開始，覺得他是我們班上最特別的人物，小小年紀就開始伸展他的武俠想像，武林決鬥，江湖結義及刀光劍影；血腥令人心寒，俠義令人景仰。故事高潮迭起聽得如醉如痴，欲罷不能。但他常常在最緊張的時刻剎車，留下許多伏筆和想像空間。而此刻，也正是下一堂課的上課鐘聲響起。

這樣子小小的武林，其實已經萌發了許多伏筆，在那個特別環境下，依附同學們的身上，牢靠的一股向心力和凝聚力。

Q：您和溫瑞安、周清嘯等人曾結義並籌組詩社，可以請教您當時結社的契機和結義的情形嗎？

A：前面提到聆聽溫瑞安〈血河車〉的武俠世界，這幼苗的心靈漸漸醞釀了一股凝聚力，在當時特殊環境下深受影響，借了大量的文學書籍挑燈夜讀，當時得來不易的詩集額外珍惜，還在燈下一個字一個字的抄錄珍藏，也開始習作，編手抄本《綠洲期刊》，志同道合的一班同學倍感文學的力量無窮無盡，大夥兒中秋節在溫家「聽雨樓」舉辦月光會，我們那潔淨的心，赤誠的意念成為十指連心的臂膀，很自然結義的念頭由溫瑞安提起，文字上的江湖，也是兄弟並無二心的江湖，跪拜了天地，「美羅七君子」於焉誕生。那個風夜，每個人心連心，承諾在文學的路上，義結為兄弟。

Q：您來臺灣時經歷過一段辛苦的日子，從馬來西亞來臺灣的學子家境都不富裕，您還吃泡麵吃到手脫皮，是什麼樣的勇氣支持您追尋自身的夢想，義無反顧離鄉背井來到這陌生的土地？

A：文學對我而言是一條不歸路，一甲子之後驀然回首，感覺遙遠、逼近，但還是遙遠。

每個人身上背負著不同的際遇一路走來，人生際遇因時間起了很大變化，文學創作動向因生活閱歷而成長。文學予我，不能倖免的因為在美羅中華國民型中學遇上了同班同學溫瑞安，我們唯一每天一節課的華文老課溫偉民老師（溫瑞安的父親），一九七三年成立天狼星詩社時任社長的溫任平先生（溫瑞安的哥哥）；這些際遇和契機都把我們推向文學的大花園，芳香無比，在文字的天空追求真善美。然而對農家出身的我最終必須面臨抉擇，抉擇是苦澀的，也是兩難的。幼苗的心靈受到浩瀚文學的感染，讓這個文學的初學者走向極端，中學還沒唸完就獨自搬離家園住進了我的第一個寫作現場「黃昏星大廈」，也使得家人不得其解，這個愛上文學的小孩竟是如此的堅決和瘋狂。中學畢業後繼續留在美羅覓職，無非是為赴臺的堅持而鋪路。

貧困並沒有磨蝕一個文學愛好者的心智，反而啟動了想到臺灣共展抱負的想法，除了能繼續深造，更大的期許是能在抵達臺灣之後，見到心儀已久的詩人和作家；去見識那個讀了《五陵年少》令我心血澎湃的詩人余光中。悠悠我心《地毯那一端》的散文作者張曉風的文字，令人心弦為之盪漾。讀了許多似懂非懂的詩句，年少竟燃起最想和前輩作家在寶島相遇。在臺北武昌街騎樓下鬻書自活的詩人周夢蝶，那本小開本藍色封面《還魂草》、借來的《孤獨國》，囫圇吞棗不求甚解閱讀下去，卻也感到詩人在詩中的孤寂和堅決。

花了那麼大的力氣，才從重重困難中毅然到了臺灣，珍惜之心當會排除萬難，三餐不繼，吃泡麵吃到手脫皮，那是充飢求生的方式，不足掛齒。難得是想見的人都陸續見到，像在我未赴臺前就在中國時報人間副刊當主編，提攜刊登拙作的高信彊先生，而今他雖已亡故，但他的身影在我心中永遠揮之不去。

Q：《試劍山莊》和《白衣方振眉》等書序跋中，溫瑞安先生有提到曾指點詩社裡的社員文章和辦理文學聚會，能請您回想一下神州詩社聚會的情況嗎？

A：文學聚會從早期七〇年代中秋節月光會開始，到天狼星詩社和神州詩社的定期聚會不斷沿襲。當中還有天狼星詩社時代「唐宋八大家」及神州詩社的「振眉詩牆」文學創作競賽，對社員藉由聚會的文學活動如詩歌朗誦會，即席創作，鼓勵大量閱讀和強制在規定時限內交出作品，對熱愛文學的人是一種鞭策，良性競爭同時激發了個人創作的欲望，影響以後深遠。以我個人為例，五日一詩或每日一詩變得可能，也可為。

長期自我修煉的結果，努力耕耘者慢慢看到成長，堅持到最後必定花團錦簇，果實纍纍。即便是後期神州詩社開始變質，然而文學聚會等活動還是大夥兒最津津樂道的趣事，回憶起來都是正面和美好。當然對一些初入詩社者是件苦差，但大家都認同出發點的用心良苦。

因此聚會地點成為往後回憶的波濤，起伏在每個人的心田，即熟悉又呼之欲出，像福隆、石門水庫、大春山莊、阿里山、溪頭等，都是我們曾經留下寫作的詩章，夢的出口。

Q：在《風起長城遠》等書，許多成員文章都透露出當時詩社裡的人都稱溫瑞安先生為「大哥」，您為二哥，林保淳老師也分享過詩社中會在中秋等節日出外聚會，可以請您分享當時詩社的平時生活嗎？

A：如前面所說，詩社除了定期文學聚會，即席創作及團康活動，我們也習武段練身體。

就以目前還存在的羅斯福路五段九十七巷的當年社址寫作現場「試劍山莊」，我們詩社在四樓，天臺就是習武場「七重天」，四樓的詩社共有三間房間，「振眉閣」、「黃河小軒」及「長江劍室」，大廳設有「振眉詩牆」，每星期公開給所有社員投稿參加競逐，溫瑞安主評，每週評選榜首，貼在詩牆上供社員欣賞，形成良性競爭，當每個人心中有了目標，就會努力創作，形成一股風氣。我們那時候雖忙於社務，接待來訪文友，編輯及出版詩刊、出版叢書，推廣詩刊及神州叢書叫做「打仗」，但是還是忙中擠壓時間創作，目標就是榜首。

Q：一九七六年到一九八〇年的上半年，可說是神州詩社的鼎盛期，成員最多達到百人之多，並拜訪許多文學大家，如亮軒、張曉風、高信疆等人，其中也有學生很尊敬和喜歡的詩人——余光中，可以請您分享，神州詩社是什麼的因緣際會之下和余光中老師結緣嗎？

A：初到臺灣，我們除了常拜訪高信疆及柯元馨外，最早就是拜訪余光中老師廈門街的余府了，師母范我存一道道家鄉的菜餚端上來，對離家多時的遊子則是送上無限的溫暖。第一次和老師及師母碰面是在臺北音樂廳的楊弦民歌演唱會，首次目睹現代詩和民歌的結合，一首首余光中的詩作譜寫成民歌知音合唱，溫馨飽滿。那個晚上，我們第一次聆聽了余光中老師朗誦自己的詩，鏗鏘而悅耳。

我們多次到心儀的張曉風家作客，而且是聯袂同行十幾個社友。這回是作家親自下廚，家鄉小菜和香噴噴的炸雞擺滿一桌。張和風在文訊二九六期刊登一篇文章提到：「記得有一年聖誕節，想請他們吃一頓豐盛的，便在家裡備膳，倒也賓主盡歡。飯罷擠在客廳裡，我家的客廳大約九坪大，他們一個挨一個坐在地上，居然還擠得出一小塊表演區來唱豪氣干雲的歌，打虎虎生風的拳，真的差點掀屋頂，事後亮軒說：『哎呀，這種聖誕夜，倒沒見過。』」。作家對海外遊子的飢腸，有著無限體恤的溫暖；在冬季，她送上來的不只菜餚那麼簡單，她的心意才使我們難忘。

至於與亮軒和高信疆的互動來往，我在長文《烏托邦幻滅王國》著筆甚詳，在此不再重複。

我們到文壇前輩家作客，除了享受豐富的晚餐，更大的收穫是視野的提升，創作和人生經驗的分享，作家魅力的感染，氣質薰陶，寫作路上的借鏡，這才是最大的獲益。

Q：溫瑞安自己提及他將神州師社以「天龍八部」將社員分組，並設立「督察部」，原本的用意是希望社員能夠反省，但就筆者的經驗，這樣子當面指責會成為一種非常不舒服的壓力，而且容易變成個人的私鬥；周清嘯和溫任平在各自的文章皆有提到，當時神州詩社處罰人的方式是罰洗照片，造成社員很大的經濟壓力；您在《烏托邦幻滅王國》中也有提到，詩社變質，老秀紛紛離開詩社，但當時身為副社長的您有發現這些問題嗎？

A：我是在得了急性肝炎住進臺北郵政醫院後，才有時間慢慢的思考這個問題。同時也有一位離開詩社的朋友前來探訪，告知何以在短短不要一個月的時間內，有社友去意堅決，以血書銘志，為何當時最熱衷參與的許多社員不告而別，內心卻是揮灑淚水，可那時為時已晚。

設立督查部原本用意是相互提醒和分工，尤其在神州詩社最後一個社址永和永亨路，神州出版社開始大量印刷溫瑞安的武俠小說、與皇冠出版社撰稿神州文集、青年中國雜誌社的誕生，出版了《青年中國》、《文化中國》和《歷史中國》三期學術刊物。那時還廣招社員，所有的工作的策劃和進行已經把人擠壓得喘不過氣來，長期睡眠不足及操勞，急性肝炎乘虛而入，因此住院。

原本是一種警惕，最後變成懲罰沖洗照片，演變到這境地卻是料想不到的事情。以當時的生活條件及經濟狀況，除溫、方外，其他社員都是有一餐沒一餐過著苦日子，還要罰洗照片，等同於雪上加霜。不服氣會積存怨恨進而變成私鬥，與當初單純寫詩大業或為文化做點有意義事情的初衷相去甚遠，這也是造成部份社員紛紛離去的其中原因之一。

Q：關於「為匪宣傳」，學生曾親自向行政院調閱檔案資料，然警備總司令曾於裁撤前大量銷毀資料，神州詩社的事件只留下「溫瑞安等叁人」隻字片語證明此事件的存在。神州事件發生時，家父亦耳聞這件事，這件事當時是用叛國罪審理的，是非常嚴重的罪名，您當時知道會這麼嚴重嗎？面對一群突然衝進來的警察和龐大的國家機器，您當時的想法可與學生分享嗎？

A：我在醫院吊了近一個月的點滴，出院後不到兩個月，一九八〇年九月二十六日深夜警備總部大隊壓陣查封永和永亨路的神州詩社。帶走大量的卡帶、叢書及雜誌，也擄走溫瑞安、方娥真、黃昏星和廖雁平。溫、方繼續扣押，黃、廖被疲勞轟炸二十四小時，不中斷的盤問，在兩人身上找不到有利證據和口供，草草結案釋放。

深夜驚醒沒有回過神來就被擄走，那時心中有些驚慌，但我告訴自己必須鎮定應付，否則必亂陣腳。我們坐言起行，沒有對不起這個島國的事情，熱愛文學有錯嗎？我頻頻追問自己。

那時尚在病中療養的我很清楚，情治單位這一招肯定是為溫方套上莫須有的罪名，「為匪宣傳」只是合理化他們解散神州詩社的幌子。溫方四個月的牢獄之災肯定是冤獄，三十多年後我還是這樣認定。

但也許因為迫於離開詩社的社員以及社員的家長告發者眾，相關單位不得不採取雷厲風行的行動。

我當然知道在當時動員戡亂時期「為匪宣傳」是非常嚴重的罪行，因此第二天釋放出來後，第一個念頭就是找師長求救，其中包括朱炎、張曉風、余光中、金庸等。

Q：在張曉風老師的訪問中，曾提到「神州事件」發生時，是您去敲張老師的家門，向張曉風老師求救，並不遠千里為溫方兩人送甜品暖心，可以請您回憶當年的情形嗎？

A：我和廖雁平釋放後，第二天就急見朱炎老師及張曉風女士求救。

張曉風在文訊二九六期發表的「我好奇，你當時為什麼來救我們？」有一段回憶文字是這樣的：

「出事了……」他說。

我立刻揣摩出真相來，而他是來求救的。我當時立刻歸納出形勢：如果他們很「左」，海外自有人救他們，如果他們很「獨」，海外更不愁沒人大力援助。但他們偏偏很「右」，處理右派的人像關起門來打自家孩子，打死了也沒人問。

我決定出手救他們，但我一介書生又哪有什麼本事救人家？於是決定寫三封信（反正只有這點能耐了。大不了拚著危險把口氣寫得兇一點，來壯壯自己的聲勢而已），我又覺得打獨架不如打群架，所以寫信給周應龍（當時的文工會主任）時，就徵得余光中、亮軒和羅青的同意，四人一起署名，另外兩封信寫給新聞局的宋楚瑜和調查局的阮成章，是我自己具名的。……」

我只能說，當時我們是拚了命到處找可行的管道及想方設法覓找可以幫忙的人求助，沒有他們的出面，溫方可能在軍法處關得更久。

宗舜此生遇上許多貴人，在這劫難上，師長如朱炎老師、余光中老師、亮軒、羅青及金庸先生仗義拔刀相助，還有許多為這宗冤案出力的朋友，宗舜銘記於心，永生難忘。

Q：溫瑞安在神州事件過後回到馬來西亞，之後又匆匆離開，在他的後來回憶，他對他回到馬來西亞頗不滿意，再提起神州過往時，字裡行間充滿了怨懟，但在陳素芳老師的訪問中反而不這麼認為，還提溫瑞安在馬來西亞的舊友和兄弟們拼命開快車讓溫瑞安趕飛機，但溫瑞安短暫回到馬來西亞的資料闕如，也無法當從溫瑞安的一面之詞，所以方便請您回想一下，從臺灣離開回馬來西亞當時的情形嗎？

A：一個人面對那突如其來的四個月冤獄，出獄之後看到神州詩社解散，樹倒猴孫散的局面，對一個做慣大哥的溫瑞安而言，肯定百般不是滋味及無法接受。於我而言，神州詩社由我宣布解散，在那樣的情境下實是情非得已，否則當要苦撐下去。

出事之後要面對的是溫瑞安的武俠小說下架，寄賣的叢書退貨，印刷廠老闆追債。另一方面，社員還是過著苦日子三餐不繼，因社務影響的社員應該早點回到學校復學上課完成學業，大家第一優先是回到生活的正軌。

因此出獄後的溫端安不能體諒，我們也多次爭論這些議題。我和清嘯剛剛回到大馬，一切從重頭開始，養病覓職，百般滋味在心頭。

我是二當家，神州詩社在我手上解散，是我的責任，也是我的承擔，接受他人的指責，三十多年來，默默承受至今。

出獄之後溫瑞安老大心態沒改，從香港回馬後和我們共宿租賃房間，因房間空間小，大家將就睡地板，一次他在文章提到，我們虧待他，我們睡床鋪，叫他睡地板，其實斗室根本沒有地方容納床鋪。

有一回他鼓勵我和清嘯和他一起到香港發展，我想到我的肝病尚未痊癒，頂撞了一句：「到時流落街頭怎辦？」，他氣得說不出話來，心中耿耿於懷。

我們剛回到這片熱帶雨林，一切處於克難，自身難保，只想重新安頓生活，當然不可能回到昔日那種呼風喚雨的日子。但只要有事，我們一定出手相助，像陳素芳提到的，我駕著清嘯的老爺車，深夜濃霧驚險趕完近五百多公里路，安全送他到達新加坡搭機回香港。

若說有怨氣，那也是心態的調整和處世風格改變的問題。

他的老大心態是：

（一）誰告發我，誰離開詩社，就是出賣和背叛，在他的武俠小說中會死得很難看。武俠小說武林中的背叛，他可以天天掛在嘴邊講。

（二）重振昔日雄風，繼續做老大。後來他網羅一班香港隨從，回馬叫隨從打電話給他哥哥溫任平說：「我的大哥瑞安想見見您。」，溫任平沒好氣的回隨從一句：「瑞安是我弟弟，要見我請他自己打電話。」天啊！現在是什麼時局，他還不長進到沿用上個世紀七〇年代的那種口氣！

我沉潛三十年，直到二〇一〇年文訊雜誌開闢「話神州、憶詩社」專輯，才戰戰兢兢寫了回憶文章，期間日子裡，都是在自責、無奈及焦慮中渡過，深怕觸動筆墨，傷害的是自己和以前的詩社，還有那一班無私奉獻的結義兄弟和姊妹。

二〇一三年十月二十六日莎阿南

語言文學類　PG1181

十月涼風
——李宗舜散文集

作　　者／李宗舜
責任編輯／陳佳怡
圖文排版／楊家齊
封面設計／王嵩賀

發 行 人／宋政坤
法律顧問／毛國樑　律師
出版發行／秀威資訊科技股份有限公司
114台北市內湖區瑞光路76巷65號1樓
電話：+886-2-2796-3638　傳真：+886-2-2796-1377
http://www.showwe.com.tw
劃撥帳號／19563868　戶名：秀威資訊科技股份有限公司
讀者服務信箱：service@showwe.com.tw
展售門市／國家書店（松江門市）
104台北市中山區松江路209號1樓
電話：+886-2-2518-0207　傳真：+886-2-2518-0778
網路訂購／秀威網路書店：http://www.bodbooks.com.tw
國家網路書店：http://www.govbooks.com.tw

2014年8月　BOD一版
定價：320元

國家圖書館出版品預行編目

十月涼風 : 李宗舜散文集 / 李宗舜作. -- 一版. -- 臺北市 : 秀威資訊科技, 2014.08
面；　公分. -- (語言文學類 ; PG1181)
BOD版
ISBN 978-986-326-265-7 (平裝)

855　　103010635

讀者回函卡

感謝您購買本書，為提升服務品質，請填妥以下資料，將讀者回函卡直接寄回或傳真本公司，收到您的寶貴意見後，我們會收藏記錄及檢討，謝謝！

如您需要了解本公司最新出版書目、購書優惠或企劃活動，歡迎您上網查詢或下載相關資料：http:// www.showwe.com.tw

您購買的書名：＿＿＿＿＿＿＿＿＿＿＿＿＿＿＿＿

出生日期：＿＿＿＿年＿＿＿＿月＿＿＿＿日

學歷：□高中（含）以下　□大專　□研究所（含）以上

職業：□製造業　□金融業　□資訊業　□軍警　□傳播業　□自由業

□服務業　□公務員　□教職　□學生　□家管　□其它＿＿＿

購書地點：□網路書店　□實體書店　□書展　□郵購　□贈閱　□其他

您從何得知本書的消息？

□網路書店　□實體書店　□網路搜尋　□電子報　□書訊　□雜誌

□傳播媒體　□親友推薦　□網站推薦　□部落格　□其他＿＿＿＿＿

您對本書的評價：（請填代號　1.非常滿意　2.滿意　3.尚可　4.再改進）

封面設計＿＿　版面編排＿＿　內容＿＿　文／譯筆＿＿　價格＿＿

讀完書後您覺得：

□很有收穫　□有收穫　□收穫不多　□沒收穫

對我們的建議：＿＿＿＿＿＿＿＿＿＿＿＿＿＿＿＿

請貼
郵票

11466
台北市内湖區瑞光路 76 巷 65 號 1 樓
秀威資訊科技股份有限公司 收
BOD 數位出版事業部

（請沿線對折寄回，謝謝！）

姓　　名：________________　年齡：________　性別：□女　□男

郵遞區號：□□□□□

地　　址：____

聯絡電話：(日) ____________________ (夜) ____________________

E-mail：____